# 悠悠岁月

[法] 安妮·埃尔诺 著
吴岳添 译

人民文学出版社

著作权合同登记号　图字 01-2018-9060

Annie Ernaux
Les Années
© Editions Gallimard, 2008
Simplified Chinese translation copyright © People's Literature Publishing House 2021
All rights reserved

图书在版编目（CIP）数据

悠悠岁月/（法）安妮·埃尔诺著；吴岳添译．—北京：人民文学出版社，2021（2025.4重印）
ISBN 978-7-02-016709-8

Ⅰ.①悠… Ⅱ.①安…②吴… Ⅲ.①长篇小说—法国—现代 Ⅳ.①I565.45

中国版本图书馆 CIP 数据核字（2020）第 210448 号

责任编辑　黄凌霞
装帧设计　李思安
责任印制　张　娜

出版发行　人民文学出版社
社　　址　北京市朝内大街 166 号
邮政编码　100705

印　　刷　三河市中晟雅豪印务有限公司
经　　销　全国新华书店等

字　　数　137 千字
开　　本　880 毫米×1230 毫米　1/32
印　　张　7.125　插页 1
印　　数　253001—256000
版　　次　2010 年 1 月北京第 1 版
印　　次　2025 年 4 月第 18 次印刷

书　　号　978-7-02-016709-8
定　　价　39.00 元

如有印装质量问题，请与本社图书销售中心调换。电话：01065233595

# 致中国读者

二〇〇〇年春天，我第一次来到中国，先到北京，后到上海。我应邀在一些大学里谈了自己的写作。你们的国家——中国，我在童年时就多少次梦想过的地方，我在想象中在那里漫步，在一些把脚紧裹在小鞋里的女人、背上拖着一条大辫子的男人当中。晚上，我常常以为看到了被夕阳映红的云彩里的长城。后来，与六十年代的少数法国人一起，我以一种抽象的、没有画面的方式，经常把它"想成"一种统率着十亿不加区分的人的政治制度。当然，在最近十年里，一些影片、纪录片、书籍，改变了我简单化的观点，但只有在这个五月的早晨到达北京的时候，这种由意识形态的偏见和杜撰、虚构的描述所构成的模糊一团才烟消云散。

我在街道和建筑工地的喧闹中、在偏僻的胡同和公园的宁静中漫步。我在最新式的高楼旁边呼吸着平房的气息。我注视着一群群小学生，被货物遮住的骑车人，穿着西式婚纱拍照的新娘。我怀着一种亲近的感觉想到"我们的语言、我们的历史不一样，但是我们在同一个世界上"。我看到的一切，在卡车后部颠簸的工人，一些在公园里散步的——往往由一个祖母、父母亲和一个独生子女组成的——家庭,和我当时正在撰写的、你们拿在手里的这本书产生了共鸣。在中法两国人民的特性、历史等一切差别之外,我似乎发觉了某种共同的东西。在街道上偶然与一些男人和女人交错而过的时候,我也常常自问他们的生活历程是什么样的,他们对童年、对以前的各个时期有着什么样的记忆。我会喜欢接触中国的记忆,不是在一切历史学家的著作里的记忆,而是真实的和不确定的,既是每个人唯一的又是与所有人分享的记忆,是他经历过的时代的痕迹。

我最大的希望是我的小说《悠悠岁月》——译成你们的语言使我充满喜悦——能使你们,中国朋友,接触一种法国人的记忆。一个法国女人的,也是和她同一代人的人所熟悉的记忆,从第二次世界大战直到今天的记忆,在各种生活方式、信仰和价值方面,比他们几个世纪里的祖先有着更多的动荡。一种不断地呈现一切事件、歌曲、物品、社会的标语口号、集体的恐惧和希望的记忆。它根据对从童年到进入老年的各种不同年龄所拍摄的照片的凝视,同样勾勒了社会的进程和一种生活的内心历程。在让你们沉浸于这些你们也经历过——也许不一样——的岁月的时候,愿你们能感到,其实我们完全是在同一个世界上,时间同样在无情地流逝。

安妮·埃尔诺<br>二〇〇九年七月十六日

# 译者前言

安妮·埃尔诺是法国当代著名女作家,一九四〇年九月一日出生于法国滨海塞纳省的利勒博纳,父母在诺曼底的小城伊沃托开了一家咖啡食品杂货店,她在那里度过童年,尽管家境贫寒但刻苦学习。她获得教师资格证书后,从一九六七到一九七五年在中学任教,从一九七七年起在法国远程教育中心工作,直至二〇〇〇年退休。

埃尔诺从一九七四年开始创作,迄今为止她大约出版了十五部作品,其中有刻画一个女人内心历程的《空衣橱》(一九七四);以第一人称回忆父亲的《位置》(一九八四,获勒诺多奖);回忆母亲的《一个女人》(一九八七);回忆童年的《单纯的激情》(一九九二);回忆堕胎的《事件》(二〇〇〇)和描绘嫉妒的《占领》(二〇〇二)等。她的作品大多从自己的经历中汲取题材,所以她的写作和生活是密切地结合在一起的。

随着年龄的增长,埃尔诺越来越深刻地感受到社会的演变和人生的短暂,"一切事情都以一种闻所未闻的速度被遗忘",因此她要写作一部反映时间流逝的作品。但她承认自己不会像伍尔夫那样写一部现代派小说,也不想写一部历史著作,而是要写出多数人的回忆，为此她从八十年代中期开始酝酿、在退休后经过充分思考和推敲，用她创造的名为"无人称自传"的新体裁，写出了被称为"社会自传"的杰作《悠悠岁月》。

埃尔诺走上创作道路的时候，正是新小说开始衰落的七十年代，当时法国文坛崛起了三位明星作家：二〇〇八年诺贝尔文学奖获得者勒克莱齐奥，他的小说对现代消费社会进行了有力的批判；莫迪亚诺擅长采用虚实相间的笔法，来回忆自己没有经历过的战争年代；佩雷克则善于革新文体，往往通过详细列举具有时代特色的物品来唤起人们的回忆。埃尔诺充分借鉴了这几位大师的风格，通过对一些旧照片的印象和感觉，来构成一个女人从小到老的六十多年的成长过程：父母的贫困、学习、当教师、秘密堕胎、生孩子、离婚、患癌症、情人、衰老，丰富的经历中穿插着她对阿尔及利亚战争、一九六八年的五月风暴，以及总统大选等政治事件的看法。大到国际风云，小到商场购物，乃至家庭聚会和个人隐私，事无巨细，无不简洁清楚、一目了然，生动直观地反映了从第二次世界大战结束直到今天的时代变迁。

回忆是描写时间流逝的最普遍和最适用的方式，普鲁斯特的《追忆似水年华》更是人所共知的名著。然而无论多么生动的回忆录，都只是作者本人的记忆，正如无论多么感人的老照片，都是社会状况的反映一样，与读者本人并无密切的关系，因而也就无法使读者感同身受。为了解决这个难题，埃尔诺创造了"无人称自传"这种崭新的体裁。她的自传从头到尾都不用第一人称"我"，而是采用第三人称，也就是无人称的泛指代词来表示"我们"，实际上是在自己回忆的同时也促使别人回忆，以人们共有的经历反映出时代的演变，从而引起人们内心的强烈共鸣，发现原来我们是这样生活过来的。

正如埃尔诺在书中所说的那样："这个世界留给她和她同代人的印象，她要用来重建一个共同的时代，从很久以前逐渐转变到今天的时代——以便在个人记忆里发现集体记忆的部分的同时，恢复历史的真实意义。"《悠悠岁月》不是一部严格意义上的自传，而是通过作者自己的经历来反映时代和世界的进程，实际上写出了法国人的"集体记忆"。小说中看似不经意地提到的商品、歌曲等，其实都是埃尔诺精心选择、被大众所共同关注的题材，因此无论什么年龄的读者，都能从中找到自己最熟悉的内容和最清晰的记忆。其实不仅是法国人，即使是中国读者也会感到亲切，因为书中描写的种种社会现象，例如家庭中的代沟、地铁里的拥挤和商店里琳琅满目的新产品等等，都是我们曾经或正在经历的现实。

小说出版后引起轰动，好评如潮，被法国著名的《读书》杂志评为本年度二十部最优秀的作品之一，长期居于各报刊畅销书排行榜的首位。埃尔诺创造的"无人称自传"、用旧照片来反映时代变迁的创作手法，在艺术上具有极为重要的意义。《悠悠岁月》继承和发展了现实主义小说反映和批判社会现实的传统，吸取了莫迪亚诺等人将现实主义与现代主义交融的表现手法，采用了"无人称自传"这种前所未有的体裁，无疑对创建二十一世纪的法国新文学做出了开创性的贡献。这一创举使《悠悠岁月》成为将要形成的新文学的一部先驱之作，也使埃尔诺当之无愧地跻身法国当代第一流作家之列。

本书汇集了大量具有时代特色的名词，例如歌星、影星、时尚商品、电视节目、小说人物和粗俗俚语等等。不少名词若非亲历其境将会不知所云,例如"太阳夫人"是欧洲一台的女天气预报员,"玛丽花"是治疗疥疮的药物等。许多超市和大型商场,以及网站和电子游戏等都没有中文译名。如果不加注释,会影响对内容的理解;如果全部加注释,则会使本书成为一部词典。笔者在翻译过程中得到热爱中国文化的法国友人弗朗索瓦·戈盖(François Goguet)先生和我的老同学金德全先生的协助,人民文学出版社的黄凌霞女士精心校对书稿,在此一并致以衷心的感谢。

吴岳添<br>二〇〇九年七月

> 我们只有自己的经历而它不属于我们。
>
> 何塞·奥特加·伊·加塞特①

——是的,人们会遗忘我们。这是生活,毫无办法。今天我们觉得重要、严肃、后果严重的事情,那么会有它们被人忘记、不再重要的时候。有趣的是,我们今天无法知道将来有一天什么会被视为伟大的、重要的、平庸的、可笑的……也可能这种我们今天赞同的生活,有朝一日会被视为离奇、不快、没有智慧、不够纯洁,谁知道呢,甚至是罪恶的。

安东·契诃夫

---

① 何塞·奥特加·伊·加塞特(1883—1955),西班牙思想家。

所有的印象都将消失。

战后在伊沃托①的废墟边上，大白天蹲在一间当做咖啡馆的木棚后面撒尿，然后站起来，裙子还是撩起来的，重新穿上短裤，再回到咖啡馆里去的女人

在影片《长别离》中，与乔治·威尔森②跳舞的阿丽达·瓦莉③热泪盈眶的面孔

一九九〇年夏天，在帕多瓦④的一条人行道上交错而过的、双手搭在肩膀上的男人，立刻令人想起三十年前规定孕妇用来缓解恶心的酞胺哌啶酮，同时还想起这样讲述的滑稽故事：一个准妈妈在编织新生儿衣物的时候经常吞服酞胺哌啶酮，织

---

① 法国滨海塞纳省首府。
② 乔治·威尔森（1921—2010），法国电影演员。
③ 阿丽达·瓦莉（1921—2006），意大利女电影明星。
④ 意大利城市，在威尼斯西部。

一行吞一片。一位吓坏了的女友告诉她,你就不怕你的宝宝生出来没有手臂吗,于是她回答说,是的,我很清楚,可是我不会织袖子呀

在夏洛①的一部影片里,走在一个外籍军团前面的克洛德·皮埃普路,一只手举着旗子,另一只手牵着一头母山羊

那位庄重的夫人患了老年性痴呆,像养老院里的其他老人一样,穿着一件紧腰宽下摆的绣花女衫,但是她肩膀上披着一条蓝色的围巾,像盖尔芒特公爵夫人②在布洛涅林园③里那样,高傲地在走廊里来回走个不停,使人想起一个晚上在贝尔纳·皮沃④的电视节目中出场的赛莱斯特·阿尔芭蕾⑤

在一个露天剧场的舞台上,关在一个——被几个男人用一些银枪刺穿的——箱子里的女人又活着出来了,因为这是一种称为"一个女人的殉难"的魔术把戏

夯拉在巴勒莫⑥的嘉布道会修士的修道院墙壁上的绷带褴褛的木乃伊

---

① 著名演员卓别林的爱称。
② 法国作家普鲁斯特的小说《追忆似水年华》里的人物。
③ 巴黎郊区的森林公园。
④ 法国《读书》杂志主编,关于读书的电视节目主持人。
⑤ 赛莱斯特·阿尔芭蕾(1891—1984),马塞尔·普鲁斯特的管家和秘书。
⑥ 意大利港口。

西蒙娜·西涅莱①在《泰蕾丝·拉甘》②的海报上的面孔

在鲁昂大钟街的一家名为安德烈的商店里,在一个底座上转动的鞋子,周围连续不断地出现同一句话:"穿芭比靴牌童鞋走得快长得好"

罗马火车终点站的陌生人把他头等包厢的窗帘拉下一半遮住上身,从侧面向对面月台上倚在栏杆上的年轻女旅客摆弄着他的生殖器

在电影院里为洗涤剂做的一个广告里的家伙,他没有洗而是轻快地打碎了肮脏的盘子。一个画外音严肃地说着"这不是解决办法!"于是这个家伙绝望地注视着观众们,"那什么是解决办法?"

一条铁路旁边的滨海阿雷尼斯海滩③,旅馆的客人很像扎皮·马克斯④

---

① 西蒙娜·西涅莱(1921—1985),法国女电影明星,1959 年以影片《金屋》获奥斯卡最佳女主角奖。
② 根据法国作家左拉的小说改编的电影。
③ 西班牙地名。
④ 扎皮·马克斯原名马克斯·杜塞(1921—2019),法国最著名的无线电广播发起人之一。他创立的公司为卢森堡电台工作,曾推出宣传多普香波的歌曲。

在科德朗①的巴斯德医院的产房里像一只剥了皮的兔子那样在空中被摇晃的新生儿，半个小时后则衣着整齐地侧身睡在小床上，一只手露在外面，被单一直拉到肩膀上

与朱丽埃特·格蕾科②成婚的演员菲利普·勒迈尔的欢快的侧影

在一段电视广告里，父亲在报纸后面徒劳地尝试像他的小女儿那样，把一粒糖果悄悄地抛向空中再用嘴接住

一座有一个爬山虎棚架的住宅，在六十年代是一个旅馆，在威尼斯的海滨长廊，90A

八十年代中期，在巴黎的东京宫的一个大厅里，墙上满是在出发去军营之前由政府部门拍摄的数百张发愣的面孔

在利勒博纳的住宅后面的院子里，建筑在河流上方的盥洗室，粪便混杂在纸张里被周围哗哗作响的水流缓缓带走

头几年里所有黄昏的印象，有夏季一个星期天的发亮的水坑，梦境的形象，死去的亲人复生，我们走在模糊不明的道路上

---

① 法国波尔多市的一个区。
② 朱丽埃特·格蕾科(1928— )，法国女歌手。

在楼梯上拖着她刚杀死的美国大兵的郝思嘉的形象——奔跑在亚特兰大的街道上为就要分娩的梅拉妮寻找一个医生

躺在丈夫身边回想着一个男孩第一次亲吻她和她说着"是的，是的,是的"的莫莉·布卢姆①的形象

一九五二年在吕尔的道路上与父母一起被杀害的伊丽莎白·德鲁蒙的形象

真实的或者虚构的形象,直至在睡梦里都连续不断的形象
有那么一刻沐浴在只属于它们的阳光里的形象

  它们全都会一下子消失,就像半个世纪之前在死去的祖父母、同样已经死去的父母的额头后面的千百万形象那样。一些我们作为小女孩出现在其他在我们出生之前就已经死去的人当中的形象,如同在我们的记忆里我们的小孩子出现在我们的父母和同学旁边一样。有一天我们将会处在孙辈儿女们,以及尚未出生的人们的回忆里。正如性欲一样,记忆是永远不会停止的。它使死者与活人、真实的与虚构的人、梦幻与历史相互对应起来。

  无数曾用来命名事物、人的面孔、行为和情感,安排世界,使

---

①  爱尔兰作家詹姆斯·乔伊斯的小说《尤利西斯》里的人物。

人心跳和生殖器润湿的词汇会突然变得毫无用处。

街道和厕所墙上的标语、涂鸦,诗歌和下流故事,标题

既往症①,模仿者,作为对象的意识,认识纯理学,为了不每次都查词典而连定义一起记在一个小本子上的术语

别人自然地使用的、我们怀疑自己有朝一日也能如此的那些表达方式,不可否认的是,势必证明

本应忘却的、正是由于努力拒绝它们才比别的话语更为根深蒂固的可怕语句,你就像一个年老色衰的婊子

夜里男人们在卧床上说的话,随你把我怎么样,我是你的东西

生存是不渴就饮

二〇〇一年九月十一日②你在做什么?

In illo tempore③ 星期天做弥撒

旧的羊皮衬鞋,大吵大闹,这很珍贵!你是一个小傻瓜!偶然重

---

① 根据患者或其亲友的回忆采集而成的病历。
② "9·11"事件发生的时候。
③ 拉丁文:在那个时候。

新听到的、不再使用的表达方式,忽然像一些失落后重新找到的物品那样珍贵,我们暗想它们是如何保存下来的

像一句座右铭那样永远依附于一些个体身上的话语——在14号国道上的一个确定的地方,因为一个行人说出它们时恰恰有人开车路过,于是在重新路过这里时这些相同的话语不可能不迎面扑来,就像彼得大帝夏宫里埋藏的水柱,有人把脚放在上面就会喷出来

语法的例句,引语,辱骂,歌曲,重新抄写在青少年时代的小本子上的句子

特鲁贝神父在抄啊抄啊抄

荣誉对于一个女人来说是幸福的辉煌葬礼

我们的记忆脱离了我们,在多雨天气的一阵微风里

修女的极致是作为处女活着和作为圣女死去

勘探者把挖掘出来的东西放在大木箱里

这是一个小吉祥物一头有一颗心的小猪/她在市场上买它花了一百个苏/一百个苏在我们当中不算多

我的经历是一次爱情的经历①

我们能用一把叉子戳②吗？我们能把施米布里克③放在孩子们的奶瓶里吗？

（我是最优秀的，谁说我不是最优秀的，你要是快活就笑吧，这很可笑，首府阿雅克肖④，简而言之，如矮子丕平⑤所说，得救了！约拿⑥从鲸鱼的肚子里出来的时候说，我把我的海豚⑦在水里藏够了，这些好久以来就既不惊人也不滑稽、听过无数遍的双关语，平庸得令人恼火，只是维持了家庭的默契，并且消失在夫妇的破裂之中，但有时又会脱口而出，在离开从前的家庭后它像放错了地方，那么不合时宜，却是多年分离之后被剩下的全部。）

---

① 这是法国音乐家雅克·赫连（1912—1986）创作的一首歌《小吉祥物》的歌词。
② 一个猜动词游戏。通过一系列回答"是"或"不是"的问题，用"戳"来代替要被猜出来的那个词。
③ 这是一个有奖竞猜电视节目，连续数日内让观众猜一指定物品，观众可以用提问来试探，使答案范围越来越小，奖品的价码也越来越大，直到有人猜中为止。
④ 南科西嘉省首府。前面的"可笑"一词与"科西嘉"同音，所以是一句押韵的俏皮话，没有实际意义。
⑤ 矮子丕平（约715—768），751年成为法兰克人的国王。
⑥ 《圣经·旧约》中十二小先知之一，据《约拿书》记载，他在被巨鱼吞没三日后奇迹般地生还。
⑦ 海豚生活在水里，又有王太子的意思，所以隐喻丕平。丕平是个矮子，法语中"矮子"与"简而言之"同音。这一段话纯属口语，话头跳来跳去，无法直译。

那些我们惊讶于它们从前就已经存在的词语,"马斯托克"①(福楼拜致路易丝·科雷的信),"皮翁塞"②(乔治·桑致同一个人的信)

一个苏联人学了六个月的拉丁语、英语、俄语之后只知道 da svi-dania,ya tebia lioubliou karacho③

什么是结婚？一个已经订婚的笨蛋

那些我们惊讶于还有人敢说的老掉牙的比喻,蛋糕上的樱桃④

安葬在伊甸园之外的圣母啊⑤

在自行车旁边踩踏板,然后是在腌菜里踩踏板,然后是在粗面粉里,然后就是踩踏板,过时的表达方式

我们不喜欢男人说的话,爽,干

那些在学校里学习过的使人感到战胜了世界的复杂性的词。考

---

① 意为粗俗。
② 意为睡觉。
③ 用拉丁文字母拼写的俄语:再见,我爱你好。(遵照英语语法,而非俄语语法。)
④ 意为"点睛之笔"。
⑤ 这句话出自夏尔·贝玑的诗《夏娃》。

试通过了,忘得远比记得要快

祖父母的、父母的一再重复的烦人话,在他们死后比他们的面孔更加生动,别动女孩子的帽子①

使用期限很短的老产品的商标,回忆起来比著名商标更加令人陶醉,杜尔索尔牌洗发液,卡尔顿牌巧克力,纳迪牌咖啡犹如一种不可能分享的内心回忆

*雁南飞*②

*我青春时代的玛丽安娜*③

太阳夫人④还在我们当中

对一种超验的真理缺乏信仰的世界

　　一切都将在一秒钟之内消失。从摇篮到临终床上积累起来的全部词汇也会消失。这将是沉默,而且没有一个词可以说明。从张开的嘴巴里什么都说不出来。无论是我还是自我。语言会

---

① 法国谚语,意为"别管别人的闲事"。
② 一部关于二战的苏联电影。
③ 玛丽安娜象征法兰西共和的传奇女性,类似于中国的花木兰。这也是一部法国电影的名字(1955)。
④ 欧洲一台的气象预报女主持人。另,法国一星相学家(1913—1996)也叫太阳夫人。

继续把世界变成词汇。在节日餐桌旁的谈话中,我们只会是一个越来越没有面目的、直到消失在遥远一代无名大众里的名字。

这是一张暗褐色的椭圆形照片,贴在一个镶有金边、包着一张有凸凹花纹的透明纸的小册子里。下面写着:现代照相馆,里戴尔①,利勒博纳(下塞纳省②)。电话80。一个肥胖的婴儿,下嘴唇赌气地向外突出,褐色的头发在头顶形成了一个发卷,半裸地坐在一张雕刻的桌子中央的一个垫子上。多云的背景,桌上的花饰,肚子上掀起的绣花衬衫——婴儿的手遮住了生殖器——从肩上滑到圆滚滚的手臂上的背带,目的在于表现绘画里的一个爱神或者一个小天使。这个家庭的每个成员想必都收到了这张照片的洗印件,而且马上就想确定这个孩子是哪一边的。在这份家族档案里——日期大约是一九四一年——除了按照小资产者的时尚进行诞生的仪式之外,不可能看到别的东西。

由同一位摄影师签名的另一张照片——不过小册子的纸张更为普通,金边也不见了——大概是同样用来在家族里分发的,

---

① 一个专业摄影师的姓氏。
② 现在的滨海塞纳省。

上面是一个大约四岁的小女孩，短发在中间分开、用系有蝴蝶饰带的发卡向后夹住，尽管和善的面孔胖乎乎的，却严肃得像是伤心的样子。左手放在同一张清晰可见的、路易十六时代风格的雕花桌子上。她的衣服看来裹得很紧，背带裙由于肚子凸起而在前面掀了起来，这也许是佝偻病的标志（大约是一九四四年）。

另外两张带齿边的、很可能是同一年的小照片，拍摄的是同一个女孩子，不过更加瘦小，穿着一件带荷叶边和球形袖子的罩衫。在第一张照片上她调皮地靠在一个身材魁梧、头发卷成大发卷、穿着一件宽条纹的连衣裙的女人身边。在另一张照片上，她举起左手的拳头，右手的拳头被一个穿着浅色外衣、裤腿用夹子夹住的、漫不经心的高大男人的手握住了。这两张照片是同一天在一个铺有路石的院子里，一堵边上长满鲜花的矮墙前面拍摄的。在大家的脑袋上方有一条晾衣服的绳子，一个夹子还夹在上面。

战后的喜庆日子在没完没了的慢得要命的宴会中度过，从无到有地形成了业已开始的时代，似乎是父母在忘记回答我们时，茫然的目光所注视的时代，我们并不存在、永远不会存在的时代，从前的时代。宾客们混杂的声音构成了我们久而久之会相信参加过的集体事件的重要叙述。

他们永远说不够的是一九四二年冬季，严寒、饥饿和球茎甘蓝，口粮和烟票，轰炸

预示着战争的北极光明

"溃退"时大路上的自行车和两轮车,被抢劫的店铺

难民在废墟里搜寻他们的照片和金钱

德国人来了——每个人都明确地定位在什么地方,在某个城市里——始终彬彬有礼的英国人,无拘无束的美国人,附德法奸,抵抗运动中的邻居,某个女孩在解放时被剃成了光头①

勒阿弗尔②被夷为平地,片瓦无存,黑市

宣传运动

骑在筋疲力尽的马匹上穿过塞纳河逃向科德贝克③的德国兵

农妇在有德国人的火车包间里放了一个响屁,并向他们宣布"如果不能跟他们说话就让他们闻闻"

在饥饿和恐惧的共同背景下,一切都按照"我们"和"人们"的方式来讲述。

他们耸着肩膀谈论贝当④,当我们没有更合适的人而去找他的时候,他衰老得已经迟钝了。他们模仿在空中旋转的 V2 飞机的飞行和轰炸,在最有戏剧性的时刻假装深思熟虑来滑稽地仿效过去的恐惧,我在做什么,以便吊住人的胃口。

这是一种充满死人、暴行和破坏的叙事,是怀着狂喜的心情

---

① 法国解放时,曾与德国男子有关系的法国女人被剃光头发示众。
② 法国诺曼底海滨城市。
③ 法国地名。
④ 亨利·菲利普·贝当(1856—1951),法国元帅,第一次世界大战期间曾指挥凡尔登战役大败德军。第二次世界大战期间出任总理,向德国投降,并组织维希政府。法国解放后被判处死刑,后改为终身监禁。

来记述的,不时地出现的"永远不应该再看到这一切"这句响亮而庄严的话,以及说完后的一段沉默,似乎要否认这种狂喜,犹如在提醒一种隐秘的祈求①,对一种享受的悔恨。

然而他们只谈他们见过的、能够在吃饭和喝酒时说得活灵活现的事情。他们没有足够的才华或信念来谈论他们知道但从未见过的事情。所以他们不谈在开往奥斯维辛集中营的火车上的犹太儿童,在华沙犹太人聚集区里早晨被收集起来的饿殍,也不谈广岛10000摄氏度的高温。由此得出的这种印象,以后所有的历史教材、电影纪录片和胶卷都不会使之消失:无论焚尸炉还是原子弹,与黑市上的黄油、警报和躲进地窖都不处在同一个时代。

他们通过比较谈起从前的战争,一九一四年的第一次世界大战,它是在血泊和荣誉中赢得的,是一场使桌边的妇女们怀着敬意聆听的男人的战争。他们谈起贵妇小径②和凡尔登战役,中毒气的人,一九一八年十一月十一日的钟声③。他们列举那些上前线的孩子没有一个回来的村镇的名字。他们把泥泞的战壕里的士兵与一九四〇年的俘虏进行比较,这些俘虏在五年里既暖和又安全,头上甚至没有落过炸弹。他们争着说自己是多么英勇和不幸。

---

① 指不希望再有战争。
② 法国埃纳省地名,第一次世界大战期间为争夺这个战略要地进行了长期的激烈战斗。
③ 德国在这一天签订《康边停战协定》,宣告投降,第一次世界大战结束。

他们追溯到自己尚未出生的时代,克里米亚战争①,巴黎人吃过老鼠的一八七〇年的战争②。

在讲述到的从前的时代里,只有战争和饥饿。

结束时他们唱起了《啊,本地产的白葡萄酒》和《巴黎之花》,在震耳欲聋的合唱中,他们吼叫着副歌的词语,蓝——白——红是祖国的色彩。他们伸出手臂笑着,再唱一首德国鬼子不会有的歌曲。

孩子们没有听讲,一旦得到允许就急忙离开餐桌,利用节日期间普遍的宽容去做禁止的游戏,跳到床上,头朝下地打秋千。但是他们记住了一切。与这个神奇的时代——他们不会马上去整理它所有的片断:溃退,逃难③,占领时期,登陆,胜利——相比,他们觉得自己成长的这个无名时代平庸乏味。当必须像波希米亚人那样成群地上路和睡在稻草上的时候,他们惋惜自己当时没有或者刚刚出生。他们对这个没有经历过的时代念念不忘。别人的回忆使他们对这个只差一点没赶上、希望有朝一日能经历的时代暗暗地产生了一种怀旧之情。

---

① 1853 至 1856 年俄国与英国、法国和土耳其等国进行的战争,又称东方战争。
② 即普法战争。
③ 指 1940 年 5 至 6 月份德国入侵时法国北部居民逃向南方避难。

这一连串闪光的英雄事迹剩下的只是无声的灰色遗迹：悬崖当中的碉堡、城市里望不到边的石头堆。一些生锈的器具，用扭曲地突出在瓦砾上的废铁做的床架。受灾的商人在废墟边上临时搭成的木棚里安顿下来。被清理出来后丢弃的炸弹在拿来玩耍的男孩肚子上爆炸。报纸上刊登通知，"不要碰弹药！"医生从孩子们的喉咙里取出细嫩的扁桃体，他们从乙醚的麻醉中吼叫着苏醒过来，然后就迫使他们喝滚烫的牛奶。在一些褪色的广告牌上，占据着大部分画面的戴高乐将军在军帽下面远远地注视着。星期天下午我们玩着小马和猫的游戏。

解放之初的狂热逐渐冷却下来。当时人们只想出门，而世界上也充满了可以立刻满足的欲望。凡是称得上战后第一次出现的东西都使人们趋之若鹜：香蕉，国营彩票机构的彩票，烟火。从女儿们扶着的祖母到童车里的婴儿，人们都是全区出动，扑向集市日、火炬游行、布格里奥纳马戏团，在那里他们差点被挤倒践踏。他们在路上形成了祈祷和歌唱的人群，去迎接布洛涅圣母院的雕像，第二天再送出去若干公里。无论是世俗的还是宗教的，所有能让他们一起外出的机会都是好的，似乎他们乐意继续过集体生活一样。星期天晚上，卡车带着许多身穿短裤、爬到行李上面唱得震耳欲聋的年轻人从海边回来。狗自由地跑来跑去，在街道当中交尾。

这个时代本身开始被作为美化了的日子来回忆，我们从收音机里听到"我想起美丽的星期天……这一切确实多么遥远遥远"时，就感到了它的失落。这一次孩子们遗憾的是自己在经历解放这个时期的时候太小，还没有真正的体验。

然而我们在平静地长大,在不要碰陌生东西的嘱咐和对定量配给、凭票发放的油和糖、在胃里难以消化的玉米面包、烧不着的焦炭的不断叹息中"幸运地来到世上和看到光明",圣诞节会有巧克力和果酱吗?我们开始带着一块石板和一支活动铅笔,沿着从瓦砾里清理出来、为战后的重建而平整的空地去上学。我们玩着丢手帕、金戒指的游戏,唱着"你好纪尧姆你午饭吃得好吗?"跳轮舞,按着"波希米亚女孩你到处旅行"的节拍打壁球,我们互相挽着手臂在课间休息的院子里走来走去,有节奏地唱着"谁玩捉迷藏"。我们感染了疥疮,身上有虱子,用一条浸过玛丽花①的毛巾把它们捂死。我们穿着外套,戴着围巾,依次爬上用 X 光透视结核病的卡车。在一个大厅里,护士身边的桌子上有一个装满燃料酒精的盘子,里面跳动着蓝色的火焰,但厅里依然很冷。我们难为情地笑着,脱得只剩短裤接受第一次体检。我们很快就要穿着一身雪白的服装在街道上列队行进,在第一次过青年节的欢呼声中一直走到赛马场,在那里的天空与湿润的草地之间,在一种庄严和宁静的感觉之中,我们将随着高音喇叭里吼叫的乐曲表演"动作的协调"。

所有的讲话都在说明我们代表着未来。


在聚会用餐时喧哗的嘈杂声中,在极度的争吵和不睦突然出现之前,另一种重要的叙述夹杂在对战争的叙述里,只言片语

---

① 用来杀死虱子或治疗疥疮的药物。

地传到我们这里,这就是关于出身的叙述。

一些男人和女人突然出现,除了"父亲""祖父""曾祖母"的血缘关系的身份之外往往没有别的称呼,他们被简化成为一种性格特征,一件滑稽或可悲的逸事,夺去他们生命的西班牙感冒、栓塞或者马蹄的一击——一些没有活到我们这么大的孩子,一群我们永远不会认识的人。一门亲族的后代们的身份很难搞清楚,我们要花上好几年才能最终恰当地确定"两边",把那些与我们有点血缘关系的人与那些与我们"毫无关系"的人分开。

家庭的叙述和社会的叙述完全是一回事。宾客们的声音划定了青少年的活动范围:田野和农场,依稀记得在那里男人是雇工、女孩子当女仆;工厂,所有人都在那里相遇、交往和结婚;小商店,是最有野心的人创办的。它们构成了一些除了出生、婚姻和葬礼之外没有个人大事、除了在一个遥远的驻军重镇里当兵之外没有旅行的故事,被严酷和繁重的劳动所占据的生活,饮酒习惯的威胁。学校是一种神秘的背景,一个短暂的黄金时代,小学教师以他打在手指上的铁戒尺成了严厉的上帝。

所有的声音都在把战争和各种食品配给制以前的贫困和匮乏传给后代,都沉浸在一个远古的黑夜里,它们一一排列着"当时"的一切快乐和痛苦、习俗和知识:
住在一所夯土筑成的房子里
穿防湿的木底皮面套鞋
玩一个破布做成的玩具娃娃

用木灰洗衣服

在孩子们衬衣上靠近肚脐的地方挂一个装蒜头的小布口袋来驱虫

服从父母并且头上挨巴掌,顶嘴就有好看的了。

  他们清点一切不知道的、陌生的和以前从未见过的事情:

吃红肉①,橙子

有社会保险、家庭补贴和六十五岁有退休金

出去度假

  他们回想值得自豪的事情:

一九三六年的罢工,人民阵线,从前,工人是不算数的

  我们,为了吃餐后点心而重新坐下的小孩子,仍然在听着粗俗的故事,在吃完饭的放松之中,所有的人,都把这些幼小的耳朵忘在一边,不再阻止父母们——他们正在谈着巴黎、掉到溪水里的姑娘、娼妇和栅栏后面的无赖——听着青春时代的歌曲:《红棕色头发的大个儿》《郊区的燕子》《拿在手指里滚动的灰烟丝》,充满崇高的怜悯和激情的抒情歌曲,女歌手闭着眼睛,全身投入地唱得涌上了用餐巾的一角擦去的泪水。轮到我们了,我们有权用《雪山上的星》来打动一桌的人。

  一些变成褐色的照片在手里传来传去,背面被所有在其他地方吃饭时也拿过它们的手指弄脏了,咖啡和油脂的混合物融

---

① 指牛、马、羊肉。

成了一种无法辨别的颜色。在呆板而严肃的新郎新娘当中,婚礼的宾客们沿着一堵墙壁站成好几行,我们认不出自己的父母或者任何人了。人们在半裸地坐在一个垫子上、生殖器看不清楚的婴儿身上看到的也不是自己,而是另一个人,一个属于一个沉默和无法接近的时代的人。

战争结束以后,在喜庆日子里没完没了的餐桌上,在所有的笑声和惊叹声中,我们却要去死,去吧!别人的回忆确定着我们在世界上的位置。


在叙述之外,走路、坐下、说话和笑的样子,在街上打招呼,吃饭,拿东西的姿势,都从法国和欧洲的乡村深处一个人一个人地传递着过去的记忆。一种在照片上不可见的遗产,除了个人之间的不同之处、一些人的善意与另一些人的恶意之间的差别以外,把家庭成员们、区里的居民和一切被说成是和我们同样的人联结在一起。这是一份习俗汇编,被田野上的童年、车间里的青春造就的姿态的总和,在它们之前还有其他的,直至被遗忘的童年:
吃饭出声并且让人看到食物在张开的嘴里逐渐变化,用一块面包擦嘴唇,如此仔细地擦尽盘子里的菜汁以至于可以不用洗就放起来,用勺子敲碗底,吃完晚饭就伸懒腰。每天只是洗洗脸,其余要看肮脏程度而定,劳动后洗双手和前臂,夏天的傍晚洗孩子的两腿和膝盖,只有在喜庆日子里才整个洗一遍
用力抓牢东西,把门碰得咯咯作响,突然做任何事情,例如抓住

一只野兔的耳朵,拥吻一次,把一个孩子紧抱在怀里。在点着火把的日子里,进去和出来,移动椅子

走起来晃着手臂迈大步,坐下来陷在椅子里的老太太们,把拳头塞进围裙里面,重新站起来时用一只手快速地扯出留在股间的裙子

对于男人,从集市回来时肩膀要用来扛着铁铲、木板、土豆口袋和疲倦的孩子

对于女人,膝盖和大腿要用来夹住咖啡磨,要开塞的瓶子、要杀死的母鸡:它的血滴在盆里

在任何场合都训斥般地大声说话,似乎自古以来就必须报复整个世界一样。

　　语言,一种混杂着方言的不规范的法语,与洪亮有力的声音、罩衫和蓝色工作服里的结实身躯、带小园子的低矮房屋、下午的狗吠和吵架之前的沉默是分不开的。同样,语法规则和正确的法语是与中性的语调和学校女教师白皙的双手联系在一起的。一种没有恭维和奉承的语言,包含着刺骨的雨水、陡峭的悬崖下灰色的鹅卵石海滩、往厩肥堆上倒空的夜壶和体力劳动者的葡萄酒,在传播着信仰和规定:

观察月亮,它调节着出生时刻、韭葱的收割和给孩子们驱虫的苦差事

不要违反季节的周期去脱掉外套和长袜,在"太早"和"太晚"之间有一个适于做任何事情的时期,一段珍贵的和难以计数的时间,大自然的善意在此刻发挥作用,要根据这个原则让雌兔与雄兔交配,种植生菜。冬季出生的孩子和猫长得不如其他季节好,

而三月的太阳使人发狂

把生土豆敷在烧伤的地方或者由一个懂巫术的女邻居来"止火",用尿治疗一个割破的伤口

尊重面包,在麦粒上有上帝的面孔

像每一种语言一样,它划分等级,给人打上烙印,懒惰者,品行不端的女人,"色情狂"和卑鄙的家伙,"偷偷摸摸"的孩子,赞美"有能力的"人,端庄的少女,认可高层人物和有头有脸的人,告诫:生活会教训你。

它诉说合理的欲望和希望,一份合适的工作,避开恶劣的天气,饿了就有得吃和死在自己的床上

限度,不渴望得到月亮、房屋上面的东西,为拥有的东西感到幸运

害怕出门和陌生人,因为从未离开自己家的人,无论哪个城市都是世界的尽头

自尊和创伤,不是因为是乡下人就比别人笨

但是我们,与父母不同,我们不会不去学校,而去播种油菜、摇落苹果和捆扎枯枝。校历代替了季节的周期。我们面前的年头是年级①,每个年级重叠在另一个年级之上,是十月份开放和七月份关闭的时空。开学时我们用蓝纸包好上一个年级的学生留下的旧书。看着衬页上他们没有被完全擦掉的名字,他们画过着

---

① 法国学制为初中四年,高中三年,从六年级算起上至一年级,再加上中学毕业班。即六年级相当于我国的初中一年级,一年级相当于我国的高中二年级。

重线的词语,觉得是在接他们的班并且受到他们坚持到底,也就是在一年里学会所有这些东西的鼓励。我们学习莫里斯·罗利纳①、让·黎施潘②、埃米尔·维尔哈伦③、罗斯蒙德·热拉尔④的诗歌,一些歌曲,《我美丽的枞树森林之王,是它在星期天穿上了五月的新长袍》。我们在做莫里斯·热纳瓦⑤、拉瓦朗德⑥、埃米尔·莫瑟里⑦、欧内斯特·佩罗松⑧的听写的时候努力做到不犯一个错误。我们背诵规范法语的语法规则。一回到家里,我们想也没想就说起了家乡话,它要求我们思考的不是词语,而只是要说的或者不说的事情,是附在身上,与一记记巴掌、罩衫上的漂白水、整个冬季煮土豆的气味、在便桶里撒尿的声音和父母打鼾联系在一起的语言。

人们的死亡与我们毫不相干。

一个在布满卵石的海滩上穿着深色泳衣的小女孩的黑白照片。背景是一些悬崖。她坐在一块平坦的岩石上,把结实的双腿笔直地伸在前面,两臂靠在岩石上,闭着眼睛,略微歪着头

---

① 莫里斯·罗利纳(1846—1903),法国诗人。
② 让·黎施潘(1849—1926),法国剧作家。
③ 埃米尔·维尔哈伦(1855—1916),用法语创作的比利时诗人。
④ 罗斯蒙德·热拉尔(1871—1953),法国女诗人。
⑤ 莫里斯·热纳瓦(1890—1980),法国作家。
⑥ 拉瓦朗德(1887—1959),法国小说家。
⑦ 埃米尔·莫瑟里(1870—1918),法国作家,1907 年龚古尔文学奖获得者。
⑧ 欧内斯特·佩罗松(1885—1942),法国作家,1920 年以小说《奈娜》获龚古尔文学奖。

微笑着。一条粗粗的褐色辫子拉在前面,另一条留在背后。一切都流露出她的愿望:要摆出像《电影世界》的明星们或者防晒霜广告那样的姿势,避开她那个丢脸的、没什么看头的小女孩的身体。肤色更浅的大腿,以及两臂的上部,勾勒出一件连衣裙的形状,也表明这个出门到海边来或者要小住的孩子的特征。海滩是荒僻的。背面写着:一九四九年八月,索特维尔海滨。

她快要九岁了。她是和父亲到一个叔叔和婶婶的家里来度假的,他们都是制作绳子的手艺人。她的母亲待在伊沃托,开着一家永不关门的咖啡食品杂货店。正是母亲习惯地把她的头发编成两条紧密的辫子,并且用有饰带的弹簧发卡围绕头部固定成花冠的形状。要么是她的父亲或婶婶都不会这样编辫子,要么是她趁母亲不在的机会任凭头发飘散开来的。

很难说她在思考或梦想什么,是怎样考虑解放以来的那些年头的,她毫不费力地回忆起了什么。

也许不再有别的印象了,只有这些还不会从记忆中消失:
来到一片废墟的城市和逃跑的发情母狗
复活节后开学的第一天,她什么人都不认识
母亲全家去费康旅游,乘坐有木凳的火车,带着戴黑色草帽的外祖母和在卵石滩上脱去衣服的表兄弟们,他们光溜溜的屁股
用一块衬衫布为圣诞节做个像木拖鞋那样的针线包
布尔维尔①主演的电影《不那么笨》(1946)
一些秘密的游戏,用带齿的窗帘环夹住自己的耳垂。

---

① 布尔维尔(1917—1970),法国喜剧演员。

她也许把经历的学校时代、她度过的三个年级看成是一个漫长的时期,课桌和女教师的办公桌、黑板的位置,同学们:

弗朗索瓦丝·C,她羡慕她有一顶像猫头一样的便帽来扮演小丑,这姑娘在课间休息时曾向她借手帕,在里面擤浓鼻涕,把它卷成球还给她就跑掉了。在整个课间休息时间里,她都为外套口袋里的这块脏手帕感到肮脏和耻辱

艾弗里娜·J,她曾在课桌下面把手塞进她的短裤里摸发黏的小球

F.,谁都不和她说话,她被打发到疗养所去了,她在体检时穿着一条男孩的蓝色短衬裤,还沾着粪便,于是全体女孩都盯着她笑

从前的夏天已经很遥远了,蓄水池和井因酷热而干涸,全区的人都拿着水罐,在消火栓跟前排队,罗比克在环法自行车赛上赢了——另一个多雨的夏天,她和母亲、婶婶在沃勒雷罗斯①海滩上捡贝,和她们一起在悬崖上的一个洞口上俯下身去,看到有人正在挖出一个死去的士兵,以便与其他死去的士兵一起安葬到别的地方。

要不就是她像平时那样,更喜欢依据"绿色图书馆"丛书②或者《苏泽特的一周》③的故事对想象的事物进行各种组合,以及她听着收音机里的爱情歌曲时对未来的梦想。

---

① 法国地名。
② 法国阿歇特出版社面向少年儿童的丛书。
③ 创办于1905年的周刊。

在她的想法里,大概没有任何政治事件、社会新闻,没有任何那些后来被认为组成了童年景色一部分的东西,全是知道但不确定的事情,樊尚·奥里奥尔①,印度支那战争,世界拳王马塞尔·塞尔当,狂人比埃罗②和用砒霜下毒的玛丽·贝斯那德③。

只有她想长大的愿望是肯定的。还有这种记忆的缺失:面对一个穿着衬衣坐在一个垫子上的婴儿——处于其他同样有着茶褐色椭圆面孔的婴儿之间——的照片,有人第一次告诉她"这是你",不得不把这另一个胖乎乎的、在已经消逝的时代里经历过一段神秘生活的肉体看作是自己。

法国地域辽阔,是由各个在饮食和说话方式完全不同的民族组成的。在七月份由环法自行车赛的运动员们走了一遍,我们在用图钉固定在厨房墙上的米其林地图上跟踪着它的各个阶段。大部分生活是在方圆五十来公里里度过的。当教堂里升起感恩歌《在我们这儿您是女王》④胜利的低沉声音的时候,我们知道在"我们这儿"指的是我们居住的地方,城市,最多是省份。异国情调从最近的大城市里开始。世界的其他地方是不存在的。受教育最多或者渴望受最多教育的人报名参加"认识世

---

① 樊尚·奥里奥尔(1884—1966),曾任法国总统(1947—1954)。
② 法国同名电影的主人公。
③ 英国电视片《毒害者》的女主人公。
④ 献给圣母马利亚的颂歌。

界"的演讲会。其他人看《读者文摘》《法国人看世界》。一个在比塞大①服兵役的表兄寄来的明信片落入一片梦幻般的目眩神迷。

巴黎代表着美和强大,一个神秘可怕的总体,它的每条出现在报纸上或者被广告引用的街道:巴尔柏斯大道,加桑街,香榭丽舍大街116号的让·米诺尔②都在激发着想象力。在这里生活过的或者仅仅是来此游玩而见过埃菲尔铁塔的人,都会感到骄傲和荣耀。夏天的傍晚,在假期尘土飞扬的漫长白天过去的时候,我们在快车到达时看着那些到别处去以后带着手提箱、巴黎春天③的购物袋下车的人,从卢尔德④回来的朝圣者。《巴斯克地区的弗拉明戈》《意大利的山峰》《墨西哥》等歌曲令人向往,使人想起南方、比利牛斯山脉这些陌生的地区。在日落时有着玫瑰色边缘的云彩里,人们看到了一些印度的土邦主⑤和他们的王宫。我们抱怨父母:"从来不到任何地方去!"他们吃惊地回答:"你要到哪里去,你在这里不好吗?"

房屋里的一切都是在战前购买的。锅都发黑了,掉了柄,盆的搪瓷掉了,水壶戳了一个窟窿,用一些小圆片拧进去塞住。外套是修补过的,衬衫领子换过了,星期天穿的衣服变成

---

① 突尼斯地名。
② 巴黎的广告社,创始人让·米诺尔(1902—1985),法国电影广告的先驱。巴尔柏斯大道、加桑街和香榭丽舍大街116号的让·米诺尔曾是法国电台和广告片中常用的三个名词。
③ 巴黎的大型商场。
④ 法国地名,相传圣母曾在这里显圣,左拉曾为此著有同名的小说。
⑤ 印度工公的称号。

了每天都穿的家常衣服。我们不停地长大使母亲们感到绝望,不得不一再用一段布料把连衣裙接长,购买大一号的鞋子,一年后又太小了。一切都要经久耐用,文具盒,勒夫朗牌颜料盒,露牌奶油盒。什么都不能扔。便桶用在园子里施肥,街上一匹马经过以后要把收集来的粪便放在花盆里,报纸用来包蔬菜,或者用来放在潮湿的鞋子里吸水,还可以用来擦屁股。

我们的生活里什么都奇缺。物品、画面、娱乐。对自我和世界的解释,限于教理问答书和布里盖神父在封斋期的说教、热纳维埃弗·塔布依[①]的大嗓门说出来的关于明天的最新消息、下午妇女们围着一杯咖啡讲述她们和邻居生活的故事。孩子们曾长期相信圣诞老人和在一朵玫瑰花或一棵白菜里发现的婴儿。

人们以一种规则的动作步行或骑自行车移动,男人们膝盖张开,长裤下面用夹子夹住,妇女们的屁股包在绷紧的裙子里,在平静的街道上划出一些流动的线条。沉默是一切事物的背景,而自行车则衡量着生活的速度。

我们的生活几乎是无法摆脱的困境。它使人发笑。

---

① 热纳维埃弗·塔布依(1892—1985),法国女历史学家、记者、外交家。

所有的家庭里都有死去的孩子。突然发生的不可救药的疾病，腹泻、抽搐、白喉。他们的短暂经历在地上的痕迹是一座围有铁栏杆的形如小床的坟墓，一块写有"天堂里的一个天使"的墓碑，人们在悄悄抹去眼泪时出示的一些照片，一些小声的、几乎是平静的对话，吓得活着的孩子以为自己不久也会死去。他们只有在经过了百日咳、麻疹和水痘、腮腺炎和耳炎、每个冬季的支气管炎，逃过了结核病和脑膜炎，到将近十二和十五岁的时候才会得救，人们才会说他们长结实了。眼下他们是脸色苍白、贫血、指甲有白点的"战争儿童"，应该吞服鱼肝油和月亮牌驱虫药，大口嚼耶塞尔牌①糖衣片，到药店的磅秤上称体重，还把自己裹在围巾里不受一点寒气，为了长大而喝汤，穿着铁制的矫形胸甲站得笔直。四面八方开始出生的婴儿都接受了预防接种和监督，每个月都被送到市政府的一个大厅里去称体重。报纸上的标题是每年还有五万婴儿死亡。

先天性白痴并不令人担心。我们害怕的是神秘地一下子降临在正常人身上的疯狂。

一个站在栅栏前一座桥上的小女孩的模糊和磨损的照片。她留着短发，大腿瘦小、膝盖突出。她把手放在眼睛上遮挡阳光。她笑着。背面写的是吉内特一九三七。在她的坟墓上写的是：一九三八年复活节前的星期四六岁时去世。这是在索特维尔海滨的海滩上那个女孩的姐姐。

---

① 一种含铁的糖衣片，用来增强儿童体质。

男孩子和女孩子到处都是分开的。男孩子闹哄哄的,没有眼泪,总是准备扔点儿什么东西,小石块、栗子、鞭炮、揉硬的雪球,说粗话,读《人猿泰山》和《爱管闲事的皮皮》①。女孩子害怕这些,都被嘱咐不要学他们的样,她们更喜欢平静的游戏,跳轮舞、修房子、金戒指。冬天的每个星期四,她们把旧的纽扣,或者从《时尚新闻》剪下来的小人像放在厨房桌子上,给它们上课。在母亲和学校的鼓舞下,她们成了爱告发的人,"我要把事情说出去!"成了她们最喜欢的威胁。她们互相用"嘿姐妹"来打招呼,手按在嘴上,交头接耳地倾听和重复一些粗俗的故事,暗暗地嘲笑玛利亚·葛莱蒂②的经历,这姑娘宁死也不和一个男孩子干她们多么渴望有权利干的事情。她们害怕自己那些大人都没想到的放荡行为。她们梦想长出乳房和阴毛,短裤里有一条带血的毛巾。在这之前,她们阅读贝卡西娜③的画册和皮埃尔-勒·斯塔尔的《银冰鞋》,赫克托尔·马洛④的《在家里》,她们和全校学生一起到电影院去看能提高精神和勇气、抑制不良想法的《文森特先生》《大马戏团》和《铁道上的战斗》。但是她们知道现实和未来存在于玛蒂妮·卡洛⑤的影片之中,报刊《我们俩》《知心话》和《私生活》预示着令人向往和被禁止的下流行为。

---

① 法国画家路易·弗尔东在1928年出版的连环画,主人公皮皮是个爱管闲事的滑稽男孩。
② 玛利亚·葛莱蒂(1890—1902),意大利圣女,十二岁时为保住贞洁而死去。
③ 法国家喻户晓的连环画人物,是画家班松在1905年塑造的一个村姑。
④ 赫克托尔·马洛(1830—1907),法国作家,以小说《苦儿流浪记》著称。
⑤ 玛蒂妮·卡洛(1920—1967),法国女电影演员。

在起重机旋转时断断续续的吱嘎声中，城市重建的大楼一幢幢拔地而起。食品配给制结束了，新鲜事物不断产生，但出现之间的间隔足以使它们都受到喜出望外的欢迎，它们的实用性也被人们在谈话时进行评价和讨论。它们就像在童话里那样突然出现、闻所未闻，无法预料。其中有大家都使用的圆珠笔，盒装洗发膏，桌布软垫和热弗莱克斯牌漆布，百洁布和脱毛霜，吉拉克牌塑料，涤格尔牌涤纶，日光灯，榛子奶油巧克力，脚踏式助动车和叶绿素牙膏。人们难以相信用小袋包装的浓缩咖啡、可米牌压力锅和管装蛋黄酱能省下多少时间，比起新鲜产品更喜欢罐头，感到喝梨的果汁比吃新鲜的梨、吃盒装的小豌豆比园子里的更时尚。食物的"可消化性"，各种维生素和"苗条身材"开始受到重视。我们为那些使数百年的作为和努力荡然无存、开辟了一个据说什么都不用干的时代的种种发明而惊叹。我们贬低它们：指责洗衣机磨损衣服，电视损坏眼睛并使人睡得很晚。我们窥视并且羡慕邻居拥有了这些进步的标志，显示出一种优越的社会地位。在城市里，高大的小伙子骑着伟士牌摩托车围着姑娘们兜圈子。他们骄傲地在座位上坐得笔挺，往往都从中带走一位脖子上系着丝巾的姑娘，而她则从后面抱住他们以免掉下来。看到他们在一阵噼啪声中远远地消失在街道尽头，我们真希望一下子长大三岁。

广告以无法抗拒的热情反复强调产品的质量，勒维坦牌家具质量长期担保！仙黛尔牌内衣不松动！勒西优牌油要好三倍!它愉快地歌唱它们,多普、多普、多普,使用多普香波,高露洁,高露洁牌牙膏是您牙齿的健康,如梦似幻般地唱着家里有《她》①就有幸福,用路易·玛丽亚诺②的嗓音懒懒地唱,这是风雅女人戴的露牌乳罩。当我们在厨房的桌子上做作业的时候,卢森堡电台唱歌般的广告,带来了对未来幸福的确信,使我们感到周围堆满了缺乏的、以后有权利购买的物品。在长大得足以能擦亲吻牌口红,以及字母J是代表欢乐的贝姿华香水之前,我们搜集藏在咖啡盒里的塑料动物,莫尼埃牌巧克力包装里的拉封丹寓言的小画片,在课间休息时进行交换。

我们过早地渴望各种东西,塑料文具盒,橡胶底鞋,金表。拥有它们不会令人失望。我们让别人欣赏它们。它们包含着一种在他们注视和摆弄时永无止境的秘密和魔力。我们把它们翻过来掉过去,在有了它们之后仍然期待着从它们那里得到不知什么东西。

进步是人类的远景。它意味着福利、孩子们的健康、采光好的住宅和明亮的街道、知识、与乡村的所有悲惨事物和战争背道而驰的一切。它在塑料和弗米加③里,在抗菌素和社会保险的赔款里,在洗碗槽和排水沟上面的自来水里,在夏令营里,在连续上学和核能里。必须跟上时代,我们争先恐后地说着,以此作为智慧和思想开放的证据。四年级的考试题目要求写关于"电的益处"的文章,或者写出对"某个在你们面前

---

① 法国女性杂志。
② 路易·玛丽亚诺(1914—1970),西班牙巴斯克地区的女歌手。
③ 密胺树脂层压制品的商标。

诋毁现代世界的人"的反驳。父母们断言年轻人会知道得比我们多。

实际上,住房的狭窄迫使孩子和父母、兄弟和姐妹睡在同一个房间里,继续在一个盆里盥洗,在外面的小棚子里大小便,在一个冷水桶里洗涤用毛巾布做的卫生巾上的经血。用芥子泥敷剂治疗孩子们的感冒和支气管炎。父母用阿司匹林加掺热糖水的烈酒来治疗他们的流行性感冒。男人大白天在墙根小便,用功读书遭人怀疑,人们害怕想爬得高会遭遇某种高深莫测的报应,学习令人发疯。所有的嘴里都缺牙。人们说时代对每个人是不一样的。

日常的进程没有变动,而且得到了加强,因为在大量的新事物之后随之而来的就是恢复相同的消遣。春天恢复的是领圣体,青年节和教区露天赈济游艺会,班德马戏团,进行滑稽表演的大象灰色的庞大躯体一下子就堵塞了街道。七月里我们在收音机里听环法自行车赛的广播,把杰米尼亚尼、达里加德和科比的照片从报纸上剪下来贴在一个档案夹里。到了秋天,是集市日上的旋转木马和表演节目木棚。我们一年一度地坐碰碰车在撞击金属杆的响声和火花中,大声喊开吧,年轻人!开吧,小赛车!在开彩票的台上总是那个鼻子涂红的小伙子在模仿布尔维尔[①],一个在寒冷中袒胸露肩的女人在吹嘘和预言着一种酷热的情景,"疯狂牧羊女剧场午夜至凌晨两点钟",未满十六岁者禁止入内。我们在那些敢于到门帘里面去、接着开心地出来的

---

① 布尔维尔(1917—1970),法国著名喜剧明星。

人的面孔上窥视他们看到了什么的迹象。我们在臭水和剩油的气味中闻见了奢侈的味道。

后来,我们到了掀起帐篷门帘的年龄。三个穿着比基尼的女人在地板上跳舞,没有乐曲。光线逐渐暗淡,然后又亮了起来:这些女人一动不动,裸露着乳房,面对着稀稀落落地站在市政府广场柏油地上的观众。外面的一个高音喇叭吼叫着达里奥·莫雷诺①的一首歌曲:《哎芒波,意大利的芒波》。

宗教是生活的官方框架,而且调节着时间。报纸上刊登封斋节期间的一些菜单,邮局发行的赠送给顾客的日历上标明了从七旬节主日到复活节的各个阶段。我们在星期五不吃肉。星期天做弥撒始终是个机会,可以换换衬衣,试穿一套服装,戴上一顶帽子,拿上手提包和手套,看别人也被别人看,注视唱诗班里的儿童。对于每个人来说,一种外在的道德标志和对一种命运的信念,都被写在一种独特的语言——拉丁语里。每个星期都念着祈祷书里的相同的祈祷,忍受着相同的宣誓仪式的无聊,这些考验是我们品尝鸡肉和糕点、享受一场电影所需进行的净礼。小学教师和受过教育、行为无可指摘的人,什么都不信仰就显得不正常。只有宗教是道德的源泉,赋予人的尊严,否则生活就像狗一样了。教会的戒律胜过其他一切法律,而生活里重要时刻的合法性只有它说了算:"不在教堂里举行婚礼的人没有真正结婚",教理书上这样宣称。只有天主教,其他宗教是谬误或者可笑的。

---

① 达里奥·莫雷诺(1921—1968),原籍土耳其的法国歌手和演员。

我们焦急地等待着初领圣体,事先就对一切将要来临的重要事情感到荣耀:月经、毕业证书或者升入六年级。在被主通道分开的长凳上,穿着深色服装戴着袖章的男孩子和穿着长连衣裙戴着白面纱的女同学,活像十年后两个两个聚在一起的新人。在祷告时我拒绝魔鬼和永远属于耶稣这个唯一的雷鸣般的声音响过之后,我们以后就不用再领圣体,在经过成为基督教徒的仪式、备了必需的和足够的知识之后,就感到自己被纳入了占统治地位的团体,并且确信死后肯定有某种东西。

人人都懂得区分该做的和不该做的事情,善与恶,一切价值在别人看自己的目光里都显而易见。从衣着上能区分小女孩与少女、少女与大姑娘、大姑娘与少妇,母亲与祖母,工人与商人和官员。富人们谈起穿得太好的女店员和女打字员常说"她的钱都是躺着赚来的"。

无论是公立的、私立的,学校都一模一样,是在寂静、秩序和对等级的尊重中传授永恒的知识的地方,绝对地服从:穿一件罩衫,听到钟声就排好队,在不是女学监而是女校长进来时起立,带好规定的练习本、钢笔和铅笔,对一切指责都不顶嘴,冬天不穿外面没有裙子的长裤。提问题的权利只属于老师。如果不明白一个单词或一句解释,那是我们的错误。我们把被一些严格的规则和禁闭所束缚当成一种特权而感到自豪。私立学校里规定要穿的制服成了他们完美的明显标志。

课程安排一直没有变化。六年级讲《打出来的医生》,五年级讲《司卡班的诡计》①《讼棍》②和《穷人》③,四年级讲《熙德》④等,教材也一样,历史是马雷-伊萨克⑤,地理是德芒戎⑥,英语是卡彭蒂埃-菲亚里普⑦。这一大堆知识被交给少数人,从六年级学习拉丁文变格到三年级学习《我唯一怨恨的是罗马》⑧,其间经过了夏斯勒⑨的关系式和三角,使他们一年比一年更坚信自己的智慧和高尚,而绝大多数人继续做一些正常的和心算的难题,为了考试合格在口试时唱《马赛曲》。有了考试合格证书或者文凭,是一件在刊登获奖名单的报刊上受到赞赏的大事。失败者过早地掂量着因不够资格而引起的内疚,他们不是有能力的人。所有的演说到处都颂扬教育,同时也掩盖着它的精打细算的分配。

---

① 前两部均为法国剧作家莫里哀(1622—1673)的作品。
② 法国剧作家拉辛(1639—1699)的作品。
③ 俄国作家陀思妥耶夫斯基(1821—1881)的小说。
④ 法国剧作家高乃依(1606—1684)的作品。
⑤ 阿尔伯特·马雷(1864—1915),朱·伊萨克(1877—1963),法国中学历史教师,他们合作的《大历史》影响很大。
⑥ 阿尔贝·德芒戎(1872—1940),法国地理学家。
⑦ 这是两位教授的名字,印在他们编写的、法国人学英语时必读的教科书的封面上。
⑧ 古罗马诗人贺拉斯的诗句,也是法国古典主义剧作家拉辛的剧名。
⑨ 米歇尔·夏斯勒(1793—1880),法国数学家。

直到中级班都和她同桌,后来开始学徒或者报名参加皮吉耶化妆学校的学生,在人行道上与她交错而过的时候,不会想到停下来和她说话;公证人的女儿也一样,她经过一段冬季体育活动回来时发黄的肤色是她的优越地位的标志,出了校门连看都不看我们一眼。

工作、努力和意志决定了行为的价值。在发奖的日子里,我们得到一些颂扬航空的先驱者、将军和殖民者的英雄主义的书籍:梅尔莫兹、勒克莱尔、德拉特尔、德塔西尼、里奥泰①。日常生活中的勇气也没有被遗忘,应该赞赏一家之主,"这位现代世界的冒险家"(贝玑②),"卑微的生活属于无聊和简单的劳动"(魏尔兰③),用作文评论乔治·杜阿梅尔④和圣埃克苏佩里⑤的名言,"高乃依的英雄们坚毅的教导",展现"对家庭的爱怎样导致对祖国的爱",以及"工作使我们远离三大害处:烦闷、纵欲和饥寒"(伏尔泰)。我们读的是《勇敢者》和《勇敢的灵魂》⑥。

为了强化青少年的这种理想,强健他们的体质,使他们远离

---

① 他们都是二十世纪三四十年代开辟新航线或抵抗敌人的飞行员、将军等英雄人物。
② 夏尔·贝玑(1873—1914),法国作家,第一次世界大战爆发后在前线阵亡,被视为法国的民族英雄。
③ 魏尔兰(1844—1896),法国象征主义诗人。
④ 乔治·杜阿梅尔(1884—1966),法国作家。
⑤ 圣埃克苏佩里(1900—1944),法国飞行员作家,第二次世界大战期间英勇殉职。
⑥ 一种给年轻姑娘读的杂志,开创于1937年。

懒惰和令人消沉的活动（阅读和电影），培养"出色的男孩"和"善良、宁静和灵活的女孩"，所有的家庭被建议把他们的孩子派到"童子军""先锋队""领路人"和"天主教女童子军""十字军""法兰克人"和"真诚的同学"去。晚上围着一堆野营篝火狂欢，或者黎明时分在一条小路上，在一面雄赳赳地挥舞着的旗帜后面，按着《尤凯迪、尤凯达》①的音调实现着大自然、秩序和道德的奇妙统一。在《天主教生活》和《人道报》的封面上，一些容光焕发的面孔在注视着未来。这是神圣的青春，这些法兰西的儿女，就要接替他们当过抵抗运动战士的长辈，就像一九五四年七月的火车站广场上，当雨水连绵的夏天的白色云彩在暴雨滂沱的天空中翻腾的时候，勒内·科蒂总统面对按学校集合起来的学生在热情洋溢的演说大声说出的那样。

人所共知，在这种理想和明亮的眼睛下面伸展着一片难以摆脱的丑陋领地，包含着一些词汇和物品、形象和行为：未婚母亲，拐卖妇女，影片《亲爱的卡洛琳》的海报，避孕套，用于"私人保健，严守秘密"的神秘广告，报纸《痊愈》的封面，"女人每月只有三天不会受孕"，爱情的产物，猥亵罪，雅内·玛尔夏尔在一个树林里被罗贝尔·艾弗里用她的乳罩勒死，通奸的女人，女子同性恋的用语，鸡奸者，肉欲，忏悔时不能承认的错误，流产，下流行径，禁书，《这些都因为是在夏维勒树林里》，男女姘居，没完没了。一堆无法直言的——被认为只有成年人才知道的——事物都用来代指生殖器及其用途。性是社会极为留心的对象，

---

① 法国童子军歌曲。

社会上到处都能看到性的迹象:袒露的胸背,窄小的裙子,红指甲油,黑色内衣,比基尼,男女生混校,电影院里的黑暗,公用的盥洗室,人猿泰山的肌肉,跷着二郎腿抽烟的女人,在教室里搔首弄姿等等。评价女孩们的第一个标准,是把她们区分为"有教养的"和"败类"。在教堂门口公布的对本星期影片的"道德评分"只与这个标准有关。

然而我们躲过了监视,去看《玛妮娜,不戴面纱的姑娘》、弗朗索瓦丝·阿尔努尔①主演的《肉体的疯狂》。我们愿意像女主人公一样,像她们那样有行动的自由。但是在书本、影片和社会的禁令之间伸展着禁止和道德审判的空间,我们没有权利使自己成为她们。

在这种情况下,在被允许结婚做爱之前,手淫的年头就是漫长的了。必须怀着对这种乐趣的渴望来生活,我们以为它是保留给成年人的,尽管尝试过各种娱乐、祈祷,还是需要不惜任何代价得到满足,同时承受着一个被列为反常者、歇斯底里症患者和婊子的秘密。

《拉鲁斯词典》里这样写道:

手淫:为了人为地激起性的乐趣而采用的各种手段。手淫往往造成一些非常严重的事故,因此必须监管接近青春期的孩子。溴化物,水疗,体操,锻炼,高地疗养,铁剂和砷剂疗法,等等,都用于治疗。

---

① 弗朗索瓦丝·阿尔努尔(1931—2021),法国女演员。

在床上或厕所里,我们在整个社会的注视下手淫。

小伙子们骄傲地去服兵役,我们觉得士兵的模样非常英俊。到征兵体格检查委员会去的晚上,他们到所有的咖啡馆去兜上一圈,庆贺被承认为真正的男子汉的荣耀。在服役之前,他们还是小青年,在劳动和婚姻市场上一钱不值。服役之后,他们就能娶妻生子了。他们在休假期穿着在区里闲逛的军服给他蒙上了爱国的和潜在的牺牲的美。战胜的美国大兵的影子飘荡在他们周围。当我们踮起脚尖拥抱他们的时候,擦到了他们上装的粗呢,它体现着男人世界与女人世界之间绝对的鸿沟。我们看到他们就体验到一种英雄主义的感受。

去年配有罗杰·朗扎克的照片的马戏团广告,分发给同学们的第一次领圣体的画像,卢森堡电台的"说唱艺人俱乐部",看起来一成不变的日子里充满了新的欲望。星期天下午,我们聚集在电视里的通用电器商店的橱窗面前。一些咖啡馆购买了电视机来吸引顾客。在小山腰上盘旋着摩托车场地障碍赛的轨迹,我们看着整天震耳欲聋的摩托车上去和下来。越来越不耐烦的商界喊着新的标语口号:"主动性""活力",动摇着城市的常规。在集市日与露天赈济游艺会之间,促销的"十五天"作为春天的仪式固定下来。在中央的街道上,高音喇叭大叫大嚷地激励人们购买,断断续续地夹杂着安妮·科尔迪①和埃迪·康

---

① 安妮·科尔迪(1928— ),比利时女歌手。

斯坦丁①的歌声,一直传到森卡牌汽车或餐厅里。在市政府广场的台子上,一个当地的推销员像电台上那样用罗杰·尼古拉和让·理查德的笑话来使人发笑,为电台听众评选赛或《孤注一掷》②再次煽动人们来报名。台上一个角落里坐着戴王冠的"贸易女王"。买卖在节日的气氛中进行。人们谈论着"变样了"或者"不要因循守旧,待在家里会变蠢的"。

一种模糊的欢乐传遍了中产阶级的年轻人,他们相互组织了一些家庭舞会,发明了一种新的语言,每句话里都要说"太可笑了""妙极了""他妈的"和"了不得",好玩地模仿玛丽-香妲儿的音调,玩台式足球游戏,还把父母那一代称为"老态龙钟"。伊维特·霍尔纳③,蒂诺·罗西④和布尔维尔引起他们的讥笑。我们全都在混乱地寻找着适合我们年龄的典范。我们对吉尔贝特·贝科⑤充满热情,他的音乐会上椅子都挤破了。我们在收音机里听只播送乐曲、歌曲和广告的欧洲一台。

在一张黑白照片上,两个少女肩并着肩、互相搂着腰走在一条小路上。背景是一些小灌木和一堵高大的砖墙,上方是有着大朵白云的天空。照片背面写着:一九五五年七月,在圣米歇尔

---

① 埃迪·康斯坦丁(1917—1993),美国歌手。
② 卢森堡电台的节目。
③ 伊维特·霍尔纳(1922—2018),法国女手风琴演奏家。
④ 蒂诺·罗西(1907—1983),法国歌星。
⑤ 吉尔贝特·贝科(1927—2001),法国歌手和演员。

寄宿学校的花园里。

左边那个高大的少女，一头"蓬松"的金色短发，穿着一件浅色的连衣裙和短袜，面孔被阴影遮住了。右边那个褐色的短发卷曲着，胖乎乎的脸上戴着眼镜，隆起的额头上掠过一道亮光，穿着一件深色短袖的羊毛套衫，一条有点子花纹的裙子。两个人都穿着便鞋，褐发女孩鞋里的脚是光着的。她们大概为了拍照而脱掉了上学穿的罩衫。

尽管我们在褐发少女身上认不出那个在海滩上的梳着辫子的小女孩，因为她也完全可能变成金发少女，但她不是金发少女，她的身体里怀持着这种意识，带着独一无二的记忆，因而能够确定这个女孩的卷发，是来自庄严的领圣体以来成为惯例的五月份的一次烫发，她的裙子是由一条已经太窄的前年夏天的一条连衣裙裁剪而成的，羊毛套衫则是一个女邻居织的。正是由于这个十四岁半的戴眼镜的褐发少女的认识和感觉，这里所写的文字才能恢复悄悄地进入五十年代的某种东西，截获集体的经历投射在个人记忆的屏幕上的反光。

除了便鞋之外，这位少女的外表与当时"流行"的、与我们在时尚的报刊上和大城市的商店里看到的齐腿肚的苏格兰长裙、黑色的羊毛套衫和巨大的椭圆形颈饰，像《罗马假日》里的奥黛丽·赫本那样带刘海的马尾毫无关系。这张照片也可以摄于四十年代末期或六十年代初期。在后来出生的所有人看来，它只是过去的，属于他们的史前史，一切先前的生命在其中都大同小异。不过，这道从一个侧面照亮女孩面孔的光线和突出的乳房之间的羊毛套衫的阳光，给人的感觉是一年当中六月份的太阳的热量，对于历史学家和当时活着的人来说，是不可能与任何一个别的年头混淆起来的年头:一九五五年。

她也许没有觉察到把她与班里其他女孩分隔开来的距离,和她们一起拍照是无法想象的。在娱乐、校外时间的利用、总的生活方式上表现出来的一种差距,使她同样远离时髦的姑娘和已经在办公室或车间里工作的少女。要么就是她体会到了这种距离却并未放在心上。

她还从未去过一百四十公里之外的巴黎,也没有去过任何家庭舞会,她没有电唱机。在做作业的时候,她听着收音机里的歌曲,把歌词写在一个本子上,无论走路上课都整天装在脑子里,你一直在说一直在说你爱他你对你的情人做了什么使他在雨中哭泣。

她不和男孩子说话,却时时刻刻想着他们。她真想有在嘴唇上涂口红、穿长袜和高跟鞋的权利——短袜使她感到耻辱,她一到屋外就把它们脱掉——以便表明她属于少女这一类,可以在街道上被人盯梢了。为此,在星期天上午做完弥撒之后,她和两三个同属这个"纯朴"阶层的伙伴在城里"闲逛",但总是关注不要违反母亲关于钟点的严格规定("我说什么钟点,就是什么钟点,一分钟都不能多")。她对通常的禁止外出的补偿是阅读报刊上的连载小说,《摩加多尔的人们》《为了无人死去》《我的表妹拉谢尔》《要塞》。她把自己代入那些想象出来的相会,故事总会发展成晚上被窝里的高潮。她把自己想象成婊子,也欣赏照片上的金发少女,高班的其他少女,她们又令她想到自己黏糊糊的身体。她真想成为她们那个样子。

在电影院里,她看过《道路》《还俗者》《奇异的爱情》《季风》《卡迪克斯的美人》,许多影片是禁止她看的,可是她想看——《爱情的果实》《青苗》《夜里的同伴》,等等——数量比允许她看的更多。

（到城里去，梦想，自慰和等待，一个外省少女可能的概括。）

除了直到这个四年级所积累起来的知识之外，她对世界还有什么了解，什么大事和社会新闻的痕迹，能使人后来偶然听到提起它们的一句话时说"我记得"？
一九五三年夏天的铁路大罢工
奠边府的陷落
二月里的一个寒冷的早晨，就在上学之前电台宣布斯大林死了
低年级的学生排队到食堂去喝杯孟戴斯·弗朗斯①的牛奶
由全体女学生编织的碎片制成的被子寄给皮埃尔神父，他的胡子是一些下流故事的题材
全城的人在市政府接受盛大的牛痘疫苗接种，因为在瓦纳②已经有几个人死于天花了
荷兰的洪水

她的思想里大概没有最近在阿尔及利亚死于一次伏击的人，全部骚乱中的新情节，她后来只知道它们是在一九五四年的万圣节发生的，而她回想起那一天她在自己的房间里，坐在窗户旁边，双脚跷在床上，看着对面那家的客人一批批出来到花园里墙后看不见的地方去小便，因而她永远忘不了阿尔及利亚起义

---

① 皮埃尔·孟戴斯·弗朗斯（1907—1982），法国政治家。
② 法国地名。

的日期和那个万圣节的下午,她对此有一个清晰的印象,一种单纯的行为,一个蹲在草地上和一边拉裙子一边站起来的少妇。

在这种不该有的记忆里,有些事情想起来不可思议、感到羞耻或疯狂,其中有:
在她母亲继承的、她死去三年的外祖母的一条床单上有一块褐色的污迹,一块擦不掉的污迹,它就像现在的污迹一样既吸引她又使她极为厌恶。
六年级入学考试前的星期天,她的父母大吵大闹,父亲要把母亲拖到地窖里插着弯刀的砧板旁边杀掉
她每天在通向学校的街道上都会想起这件事情,两年前一月份的一个星期天,她在斜坡前面经过时看到了一个穿着短外套的小女孩把一只脚伸到充满水的黏土里玩。第二天脚印就在那里了,一直保留了好几个月。

暑假将是一段百无聊赖的漫长期限,为了打发日子而做的微不足道的事情有:
倾听环法自行车赛的行程,把获胜者的照片贴在一个专用的本子里
记下在街上交错而过的汽车牌照号码上的省的序号
阅读当地报纸上她不会看的影片、她不会读的书的简介
在一个餐巾袋上绣花
挤黑头,不再用"珍贵水"或者柠檬片
到城里去买洗发膏和一本《小拉鲁斯词典》,垂着眼睛经过小伙子们在玩电动弹子游戏的咖啡馆

未来远大得使她无法想象,它总会来的,就是这么回事。

当她听到幼儿班的小女孩在课间休息的院子里唱《我们去采玫瑰花不要让它凋谢》的时候,她觉得自己是孩子已经是很久之前的事了。


五十年代中期,家里人吃饭的时候,年轻人待在桌边,听着大人谈话并不插嘴,对那些他们不感到好笑的笑话、关于他们身体发育的赞同意见、会使他们脸红的隐晦的放荡语言也礼貌地微笑着,只限于回答慎重地提出的与他们的学习有关的问题,还没有感到准备好有充分的权利参与大家的谈话,哪怕吃餐后点心时允许享用的葡萄酒、饮料和黄烟丝香烟为他们加入成人圈子开了个头。我们感受着宴席上同桌人的温馨,社会评价惯有的冷酷减轻了,变成了温和的彬彬有礼,而去年气得要死的人在和解后也互相交换蛋黄酱碗了。我们觉得有点无聊,不过还没有到宁可第二天去上数学课的程度。

对正在品尝的、令人回想起在其他场合吃过的相同菜肴进行评论,对它们最佳的制作方式提供各种建议之后,宾客们讨论着飞碟的真实性、人造卫星和从美国人到俄罗斯人谁会先登上月球、皮埃尔神父的急救所、昂贵的生活费用。战争归根结底又摆到了桌面上。他们又谈起逃难,轰炸,战后的食品配给制,迷恋爵士乐的青年,高尔夫球裤。那是我们出生和幼年时的传奇故事,我们怀着一种难以表达的思乡之情倾听着,与我们热情地背诵抄在一个私人的诗歌本上的《你记得吧,巴尔巴拉》①的心

---

① 一首歌曲,由雅克·普莱维尔作词,伊夫·蒙当演唱。

情一样。但是在各种声音的语调中是有距离的。某种东西已经随着见过两次大战的祖父母的去世、孩子的成长、城市完成重建、进步和个性化的家具而一去不返了。对占领时期缺吃少穿和农村童年的回忆汇合在一种已经结束的过去之中。人们对于生活得更好具有无比坚定的信念。

如此遥远、如此充满异国情调——按照地理指南上的说法，是"两个分别挂在一根扁担两头的大米口袋"——的印度支那已经不再成为问题，没有太多遗憾地消失在奠边府，只有一些脾气暴躁的人、手头没有职业而志愿入伍的人曾在那里战斗。那是一场现在的人们从未有过的冲突。他们也不想用没有人确切知道怎样开始的阿尔及利亚骚乱来破坏气氛。但是他们全都同意，在初中的课程中学过这些的我们同样如此，阿尔及利亚及其三个省就是法兰西，非洲的一大部分地区也是如此，我们的领地在地图册上覆盖了一半大陆。叛乱必须镇压，清除"费拉加①的巢穴"，在背着床下用的小地毯贩卖的皮肤晒黑然而可亲的北非小商贩的面孔上，我们看到了这些利索的刽子手背叛的身影。在习惯地嘲笑阿拉伯人和他们所说的妓女哈巴娜把你的鼻子放进咖啡壶里你看看热不热的时候，要加上对他们的野蛮的确信。所以应征的士兵和被重新征召的后备兵被派去恢复秩序，尽管普遍的看法是失去一个应该结婚的二十岁的小伙子是父母的不幸，他的照片刊登在当地报纸上，说明是"中了埋伏"。这是一些个人的悲剧，一些糊里糊涂的死者。那里既没有敌人，也没有

---

① "费拉加"的原意是"拦路强盗"，实际上是指反对法国殖民当局的阿尔及利亚起义部队。

战士和战斗。我们感觉不到这是战争。下一场战争将来自东方,像在布达佩斯那样用俄国的坦克来摧毁自由世界,而像一九四〇年那样上路是没有用处的,原子弹不会留下任何机会。苏伊士运河已经够我们紧张的了。

谁都不谈论集中营,除非偶然说起某个男人或女人在布痕瓦尔德①失去了亲人,接着是一阵伤心的沉默。这变成了一种个人的不幸。

在用餐后点心的时候,解放后的爱国歌曲听不到了。父母唱起了《对我谈谈爱情》,老成的年轻人唱《墨西哥》,孩子们唱《我的祖母是牛仔》。我们呢,再像从前那样唱《雪山上的星》就太难为情了。大家一定要我们唱一个,我们声称一首完整的歌也唱不出来,断定布拉桑和布雷尔②的歌曲与饭后的快乐不大协调,最好有一些在吃其他饮食和用餐巾角擦眼泪时惯用的歌曲。我们固执地拒绝说明他们无法理解的音乐风格,他们除了解放时学过的 fuck you③ 之外一个英文单词也不认识,对派特斯④和比尔海利⑤的存在一无所知。

可是第二天,在自习室的寂静中,当空虚感笼罩着我们的时候,我们才明白,即使我们否认,以为与我们无关和感到无聊,昨天晚上也是一个喜庆的日子。

---

① 德国地名,集中营所在地。
② 乔治·布拉桑和雅克·布雷尔都是二十世纪五六十年代法国著名的流行歌手。
③ 英语:滚你的。
④ 二十世纪六十年代的美国流行乐队。
⑤ 比尔海利(1925—1981),摇滚乐之父。

置身于慢得要命的学习时代,少数有运气继续学习的年轻人,在定时的上课铃声,恢复的期末考试,对《西拿》①和《伊菲革涅亚》②的没完没了的讲解,《为弥洛辩护词》③的翻译当中,发现什么也不会发生。我们记录作家们关于生活的一些佳句,发现了按照闪光的格言来思考的幸运:生存是不渴就饮。荒诞感和恶心感侵袭着我们。青春期讨厌的肉体遇到了存在主义的"多余的"存在。我们在一个画夹的纸页上贴《上帝创造女人》里的碧姬·芭铎④的照片,在课桌上刻詹姆斯·迪恩⑤的起首字母。我们抄写普雷维尔⑥的诗歌,电台上禁止播出的布拉桑的歌曲:《我是一个流氓》和《第一个姑娘》。我们偷偷地阅读《您好忧伤》⑦和《性学三论》⑧。欲望和禁止的范围变得无边无际。一个没有罪恶的世界的可能性渐露端倪。大人们怀疑我们被现代作家变得堕落了,对什么都不再尊重了。

　　目前,最确定的欲望是拥有一台电唱机,以及至少几张密纹唱片,一些可以没完没了地独自享受到受不了为止的昂贵物品,还有一些东西,能让穿带风帽的粗呢大衣、称父母为"老爹老

---

① 高乃依的剧作。
② 拉辛的剧作。
③ 古罗马作家西塞罗(公元前106—公元前43)的演说。
④ 碧姬·芭铎(1934—    ),法国女电影明星。
⑤ 詹姆斯·迪恩(1931—1955),美国电影明星。
⑥ 雅克·普雷维尔(1900—1977),法国诗人。
⑦ 法国女通俗小说家弗朗索瓦丝·萨冈(1935—2004)的处女作。
⑧ 弗洛伊德的作品(1905)。

妈"、再见时说 ciao① 的富裕的女中学生被归入青年中最前卫的一类人之中。

我们渴望爵士乐和黑人灵歌,摇滚乐。一切用英语歌唱的曲子都带有一种神秘的美。Dream②,love③,heart④,一些纯粹的词汇,没有实际用处,却给人以一种来世的感觉。把自己关在房间里,我们用同一张唱片给自己制造狂欢,这就像一种使人头脑发昏、身体爆炸的毒品,在自己面前打开了另一个充满暴力和爱情的世界——与我们急于有权利参加的家庭舞会混淆在一起了。埃尔维斯·普雷斯利⑤、比尔海利、阿姆斯特朗⑥、派特斯体现着现代性、未来,而他们是为我们年轻人,只是为了我们才歌唱,抛弃了父母的陈旧趣味和乡巴佬的无知,《微笑的故乡》,安德烈·克拉伏⑦和丽娜·雷诺⑧。我们感到自己属于一个内行组成的团体。然而《一天的情侣》却使人起鸡皮疙瘩。

我们再次回到暑假的安静之中,外省那些彼此分明、互相区别的杂音中,一个去买东西的女人的脚步声,一辆汽车的滑动声,一个焊接车间的锤打声。时光在微不足道的小事、磨磨蹭蹭

---

① 意大利语:再见。用于熟人之间的招呼。
② 英语:梦。
③ 英语:爱。
④ 英语:心。
⑤ 埃尔维斯·普雷斯利(1935—1977),以"猫王"著称。
⑥ 路易斯·阿姆斯特朗(又译路易斯·阿姆斯壮,1901—1971),美国爵士乐史上的著名歌唱家。
⑦ 安德烈·克拉伏(1915—2003),法国歌星。
⑧ 丽娜·雷诺(1928— ),法国女演员。

的活动中耗费：把一年的作业归类，整理一个橱柜，读一部小说而且尽量不要过快地读完。我们在镜子面前打量自己，等不及让头发快长到能梳成马尾的长度。我们蹲守着一个不大可能来的女同学。吃晚饭的时候，要硬逼着我们说话，我们剩下一些饭菜就招来了指责："你要是在战争期间挨饿就不会这么难伺候了。"用来对付使我们骚动不安的欲望的是克制的智慧："你对生活的要求太多了。"

星期天在做弥撒或看电影之后，少男少女就分成一伙一伙地兜着圈子和不时地相遇，彼此打量，如此他们终于相互攀谈上了。男孩子模仿老师说着双关语和逗乐的谐音，把自己看成"童男子"，互相打断对方的话："别谈你的生活，它全是缺口。""你知道捣菜泥器的副歌吗？压碎了再继续。""你家里有煤气，去煮一个鸡蛋吧。"他们故意喜欢小声说话，使我们听不清楚，然后大声说"手淫得变聋了。"面对一个露出来的肿胀的牙床，他们假装捂住眼睛，喊着"我们在战争期间看到的恐怖够多了。"他们允许自己什么都说，掌握着话语和幽默。他们滔滔不绝地说着下流的故事，唱着《莫尔皮奥尼比斯》①。女孩子适度地微笑着。哪怕她们并不一定觉得滑稽，这是男孩子们围着她们打转时奉献出来的一个节目，她们对此感到自豪。多亏他们才使她们丰富了自己的词汇和表达方式，当她们用俚语说上床睡觉，一条裤子等等的时候，就会使她们在其他女孩眼里显得开放。可是这两群人都在怀着不安自问，将来两个人单独在一起能说些什么，而且在赴第一次

---

① 著名的色情歌曲，歌词极其粗俗，只有男孩子才唱。

秘密约会之前,必须得到各自群体好奇的关注作为支持。

无论是什么时间和摆的是什么姿势,一张黑白照片上把过去与现在分开的距离,也许是根据照射在地面上的阴影之间、在面孔上移动、勾勒出一条连衣裙的皱褶的光线来衡量的。

在这张照片上,一个高大的少女梳着硬翘翘的深色中长发,面孔胖乎乎的,由于阳光的照射而眨着眼睛,歪斜地站着,略微扭着腰肢,以突出为了显瘦而紧裹在笔直地垂到腿肚上的连衣裙里的大腿的曲线。光线掠过她右边的面颊,烘托出在一件有着克罗蒂娜①式白色衣领的羊毛套衫下面高耸的胸部。一条手臂被遮住了,另一条下垂着,衣袖卷到手表和宽大的手的上方。与学校花园里那张照片的差别之大令人吃惊。除了面颊和更加发育的乳房的形状之外,什么都不能使人想起那个两年前戴着眼镜的女孩。她在一个面向街道的院子里摆着姿势,站在一个低矮的车库前面,在马虎地修理过的门边,就像人们在乡下和城镇上看到的那样。背景上三棵种在一个斜坡上的树干在天空下显得格外突出。背面写着:一九五七年,伊沃托。

此刻她微笑时大概只想着自己,想着这个固定下来的、她感到自己变成了的新潮少女的形象:
在她卧室的角落里听着西德尼·波切特②,艾迪特·皮亚芙③

---

① 克罗蒂娜·奥热尔(1942—2019),法国女电影明星,在1958年当选为法国小姐。
② 西德尼·波切特(1897—1958),美国爵士乐歌星。
③ 艾迪特·皮亚芙(1915—1962),法国女歌星。

和"国际唱片向导"提供的三十三转爵士乐唱机
在一个笔记簿上记下一些说明如何生活的佳句——它们出自书本里,这给它们确保了真理的分量:只有在享受时意识到的幸福才是真实的幸福①

现在她懂得了自己社会地位的等级——她家里既没有冰箱,也没有浴室,厕所都在院子里,她一直没去过巴黎——,不如她的同班同学。她希望她们没有发现这一点,或者看在她是"滑稽的"和"使人轻松的"、用俚语说"我的房间"和"我害怕"的分上谅解她。

她的全部精力都集中在要"有一种风度"。她担心的始终是使她眼睛显得小、并且像"专心学习的学生"那样的近视眼镜。当她摘下眼镜的时候,她在街上就一个人也认不出来了。

在她对最遥远的——业士学位考试之后——未来的描绘中,她在女性商店的模特身上看到了自己,她的身体,她的风度,纤瘦,披肩的长发,活像《女巫》里的玛丽娜·芙拉迪。她成了某个地方的小学教师,也许在乡村,有一辆自己的车,解放的最高标志,两马力或者四马力,自由和独立。这幅场景上也投下了她将遇到的陌生男人的身影,就像在马塞尔·莫洛杰的歌曲《有朝一日你会看到》里那样,或者像《奇异的爱情》结尾时的米

---

① 语出小仲马。

歇尔·摩根①和杰拉·菲利普②那样投入彼此的怀抱。她确信应该"为他守身",而且感到已经独自懂得这种乐趣就像犯了一个亵渎崇高爱情的错误。尽管她根据荻野久作③的方法在一个本子上记下了没有怀孕风险的日期,她只会听凭感情行事。性与爱之间是彻底分离的。

业士学位考试之后,她的生活是一架需要攀登的、消失在雾中的楼梯。

十六岁时行动和生存所必须的记忆很贫乏,她把童年看成是一种彩色的无声影片,其中出现和混杂着一些画面:坦克和废墟、去世的老人、为母亲节书写和装饰的祝词、贝卡西娜的画册、领圣体的火炬游行和壁球。最近几年,她不想再回忆了,一切都只是愚蠢和耻辱,装扮成杂耍歌舞剧场的舞女,烫着卷发,短袜。

她只能知道从一九五七年这个年头记得的是:
费康④海滩上的赌场酒吧,一个星期天的下午,她被一对独自在舞池里跳着一曲缓慢而深沉的布鲁斯的夫妇迷住了。女人身材修长,一头金发,穿着一条褶子成阳光辐射形的白色连衣裙。她

---

① 米歇尔·摩根(1920—2016),法国电影演员,曾主演《天伦之旅》等影片。
② 杰拉·菲利普(1922—1957),法国戏剧、电影表演艺术家,曾主演《勇士的奇遇》《红与黑》等影片。
③ 荻野久作(1882—1975),日本医学博士,避孕法创立者。
④ 法国塞纳滨海省首府。

的父母是不情愿地被她拉去的,正在商量他们是否有足够的钱支付各种消费

二月里的一天正上数学课的时候,她由于肠炎发作不得不来到课间休息的院子里的冰冷的厕所里去,她想到了公园里的洛根丁①,意识到天堂是空的,上帝不回答②,她无法形容这种大腿冻得起鸡皮疙瘩、肚子疼得翻转过来的被抛弃的感觉。也无法形容集市日期间,就在照片上的这个院子里,当高音喇叭的巨大声音、乐曲和广告融合成一种不可思议的嘈杂从树后传来时侵袭她的感觉。这就像她置身于集市日之外,被从前的某种东西隔开了一样。

她在世界上接收到的信息,大概也是以感觉、想法和画面——没有把它们激发起来的意识形态的痕迹——的方式在她身上折射出来的。由此她看到:

欧洲被一道铁幕分成两半,西边是太阳和色彩,东边是阴影、寒冷、雪和有朝一日会越过法国边界、像在布达佩斯那样驻扎在巴黎的苏联坦克,纳吉·伊姆雷③和卡达尔④的名字纠缠着她,她断断续续地重复着它们的音节

阿尔及利亚的大地浸没在阳光和血泊之中,挖好的陷阱周围闪现着穿飘动的呢斗篷⑤的小个子男人,这个画面本身出自三年

---

① 法国作家萨特的小说《恶心》里的主人公。
② 这两句诗分别来自奈瓦尔和维尼。
③ 纳吉·伊姆雷(1896—1958),匈牙利政治家,1956年匈牙利事件期间任总理,后被处决。
④ 卡达尔·亚诺什(1912—1989),匈牙利政治家,匈牙利事件后任政府总理。
⑤ 阿拉伯男人的服装。

级的历史书,叙述的是一八三〇年对阿尔及利亚的征服,并由一幅画作为插图:《阿卜杜勒·喀德①全家被捕》

在欧雷斯山②死去的士兵就像《山谷里的睡眠者》③,躺在沙地上阳光洒在右胸两个红色的弹孔上

一张刊登在当地报纸上,一些穿着时髦的法国青年一边争论,一边从巴卜瓦德的一座中学里出来的照片,极大地动摇了可能赞同镇压叛乱者的各种描述,似乎二十岁的士兵为之死去的事业并不正当。

在她开始撰写的内心日记里没有任何这类东西,她用浪漫和浮夸的词语描写她的厌倦、她对爱情的期待。她写过她应该论述《波里厄克特》④,然而她对弗朗索瓦丝·萨冈的"尽管极不道德、却强调真实"的小说更有兴趣。


人们更加坚信有了东西就能过更好的生活。按照各自的财力,他们把煤炉换成了煤气灶,铺着一张油布的木桌换成了一张弗米加塑料桌子,四马力的汽车换成了多菲内牌汽车,机械的刮胡刀和铁熨斗被它们对等的电动用品所代替,金属的器皿则被代之以相同的塑料制品。最令人羡慕和最昂贵的物品是汽车,自由的同义词,在某种意义上完全控制了世界的距离。学会驾驶和获得驾照被视为

---

① 阿卜杜勒·喀德(1808—1883),1832 至 1847 年阿尔及利亚人民反对法国侵略者的民族解放斗争的领袖。
② 在阿尔及利亚。
③ 兰波诗作。
④ 高乃依的剧作。

一个胜利,就像得到毕业证书那样受到亲朋好友的赞赏。

他们报名参加函授课程学习绘画、英语或柔道、秘书工作。他们说在目前的情况下,必须比以前知道得更多。有些人不懂外语也不怕到国外去度假,正如贴在牌照上的 F① 所证实的那样。星期天的海滩上挤满了穿比基尼晒着日光浴、对外界满不在乎的人。坐在卵石滩上或者只是卷起裙子洗脚的人变得越来越少。人们把胆怯者的和那些不适应集体欢乐的人说成是他有一些情结。人们宣告着"休闲社会"的到来。

然而他们对政治感到恼火,议长每两个月就换人,派出去的年轻人不断地在伏击中被杀。他们要在阿尔及利亚实现和平而不是第二个奠边府。他们投布热德②的票,不断地重复着"向何处去"。五月十三日阿尔及尔发生的政变使他们陷于崩溃,为此储存了几公斤糖和几升油来防备内战。为了挽救一切,阿尔及利亚和法国,他们只相信戴高乐将军。这位一九四〇的救星大度地同意重掌国家使他们如释重负——犹如得到了他的高大身影的庇护,他的身高作为他们不断取笑的对象,就是他超于常人的明显证据。

我们记得在沦为废墟的城市广告上的一顶军帽下面的干瘦面孔,战前的小胡子,我们没有听过六月十八日的号召③,对他

---

① 法国汽车,国际汽车识别标志。
② 皮埃尔·布热德(1920—2003),法国政治家,1953 年创立保障小商人和手工业者联盟。
③ 第二次世界大战期间,德军于 1940 年 6 月 14 日占领巴黎。戴高乐于 6 月 16 日飞到英国,6 月 18 日在伦敦号召在国外继续战斗。

像发胖的公证人那样下垂的面颊和乱蓬蓬的眉毛、老人那种不断颤抖的声音感到惊愕和失望。从科龙贝①复出的这个人物滑稽地丈量了从童年到今天逝去的时光。我们埋怨正在复习正弦和余弦、拉加尔德和米夏尔德②的时候,他就如此迅速地结束了一次在我们看来好像是刚开始的革命。

"拥有两个业士学位"——第一个在一年级结束的时候,第二个在下一年——是智力优越的无可置疑的标志,是对在社会上取得成功的未来的确信。对大多数人来说,要经历的一系列考试和竞赛没那么重要,他们只是认为"走到这一步很不错"。

在《桂河桥》③的乐曲声中,我们觉得走向了生活中最美丽的夏天。业士学位考试的成功一下子赋予了一种社会存在,似乎我们没有失去成人大家庭寄托在我们身上的信任。父母会安排到亲朋好友那里兜一圈,宣布这个光荣的消息。总是有人说笑:"我也一样,我通过了毕业会考④,在科德贝克的塞纳河上!"七月份不知不觉地开始像上个月一样,把冗长的时间用于阅读和唱片、练习写诗。幸福感在消退。应该想到在考试失败的情况下要重新为成功付出代价的时候,暑假会是什么样子。业士学位考试的真正报酬,是要能像《我青春时代的玛丽亚娜》那样

---

① 法国地名,戴高乐晚年隐居和去世的地方。
② 法国当时新流行的中学文学教材的名称,也就是这两个教材作者的名字。
③ 一部很有名的电影,据法国小说改编。
④ 法语中,"渡船"与"毕业会考"是同一个词,"通过会考"也可理解为"坐过渡船"。

体验一次爱情的经历。在这之前,我们调情,悄悄去见那个每次约会时都会变得更俯就的人,而且应该很快就离开,因为我们不能第一次就和一个被女同学们认为是红扑扑的小伙子做爱。

差距终于拉开了,就在这个,或是某个夏天。最有钱的人和他们的父母一起去英国,去蓝色海岸。其他人,做夏令营里的辅导员,可以换换空气,发现法国,在背包里放着蛇毒急救盒和点心,带着一打左右叽叽喳喳的小男孩或者缠人的女孩,唱着《花生果转一圈》在道路上来来往往,为自己把开学时的书本费挣出来。他们领到了第一次工资,一个社会保险号码。他们为自己的责任而自豪,临时承担着世俗的与共和国的理想,其"主动教育法"得出了令人高兴的成果。监督排在水龙头前面梳洗的穿着短裤的孩子们,一盘拌牛奶的米饭端上来就会引起阵阵热情喊叫的乱哄哄的餐桌,他们深信是在促成一种正确、和谐和良好秩序的典范。归根结底,这是些使人筋疲力尽和得意非凡的假期。我们肯定永远不会忘记,当我们陶醉在一种新的男女生混合制当中,终于远离了父母的目光,穿着牛仔裤,手里拿着一盒高卢女人牌香烟,两级两级地跳下通向传出家庭舞会乐曲的地窖的台阶,此刻一种纯粹和暂时的青春感淹没了我们,似乎像影片《她只在一个夏天跳过舞》里那样,我们在假期结束时就要死了。正是由于这种狂乱的感觉,我们在一曲慢狐步舞曲之后和一位男性——除了在照片上之外从未见过,也许连照片都没看过——来到一张行军床上或者海滩上,在最后一瞬间想起荻野久作的日历而拒绝张开大腿把精液射在嘴里。苍白的太阳升了起来,毫无意义。对于我们听到之后马上就想忘记的词语,拿住我的鸡巴,咂我,应该代之以一首情歌的歌词,那是昨天那个早晨那是昨天已经很遥远,以伤感的方式来美化和构成对"第一次"的想象,为一次对不成功的失贞的回忆蒙上忧郁。我们如果没有成功,就买些奶油条酥和糖果,把痛苦隐没在奶油和糖里,或者通过厌食来洗刷自己。但有一件事情是肯定的,永远不可能再回想起在拥抱一个赤裸的肉体之前的世界是什么样子了。

耻辱感不断地威胁着少女们。她们穿衣打扮的样子总是被过分窥探:短了,长了,袒胸露肩,窄了,花花绿绿,等等,鞋跟的高度,她们经常来往的人,出门和回家,每个月她们的裤底,她们的一切都是整个社会普遍监视的目标。对那些必须离开家庭怀抱的女孩,它提供"少女之家",是与小伙子们的大学城分开的大学城,以保护她们免遭男人和罪恶。无论是智慧、学业还是美貌,没有什么比一位少女在性方面的名誉,也就是她在婚姻市场上的价值更为重要的了,母亲们,就像她们自己的母亲一样成了看守:如果你在嫁出去之前跟人睡了,就谁也不会再要你了——言下之意,除非是男性市场上也有一个败类、残废或者病人,要么更糟的是一个离婚者。除了一个做出牺牲的男人会收留她和她的错误的产物之外,未婚母亲一钱不值,毫无希望。

直到结婚为止,所有的爱情故事都是在他人的注视和评头论足下展开的。

然而我们的调情方面走得越来越远,实践着除了医学著作之外在任何其他地方都不可描述的行为:口淫,口交,有时是鸡奸。小伙子们嘲笑避孕套,并且拒绝他们父辈的中断式的性交。我们梦想据说在德国销售的避孕药。星期六,戴着白面纱的姑娘依次举行婚礼,六个月以后就分娩出健壮的所谓早产儿。夹在骡子的自由、小伙子们关于处女有害健康的嘲笑与父母和教会的规定之间,我们无法做出选择。禁止堕胎和未婚同居,没有人考虑这要延续到什么时候。集体变化的征兆在生活的特殊环境里是觉察不到的,除非也许是在同时使无数人悄悄地想起"永远也不会有任何改变"的反感和疲惫之中。

夹在一本有凹凸花纹的手册里的黑白集体照上,二十六个少女在院子里一棵栗子树的叶子下面、在房子外壁前面站成三排,墙壁上有小格子图案的窗户完全可以用于一个修道院、一所学校或一家医院。她们全都穿着浅色的罩衫,看起来活像一群护士。

照片下面是手写的记录:圣女贞德中学——鲁昂——一九五八——一九五九哲学班。没有写上全体学生的名字,似乎在班长把照片发给众人的时候,大家肯定都能想得起来。大概不可能设想四十多年之后,老太太们在盯着这张班级照片上这些当年熟悉的面孔,只能看到三排眼光发亮和固定不动的幽灵了。

第一排少女坐在筒形椅子上,双手交叉在膝盖上,两腿笔直地收紧或者弯在椅子下面,只有一个人的腿是交叉的。第二排是站着的,第三排站在一张长凳上,都可以看到她们的腰部。只有六个人把手插在口袋里,当时这是不良教育的标志,证明了中学多半是有产者常去的地方。除了四个人之外,全都带着一丝微笑注视着镜头。她们看到的东西——摄影师,一堵墙？其他学生？——都不在照片上。

第二排左起第三个就是她。从这个重新戴上眼镜,头发用一根缎带向后扎住,还有一绺垂向脖子的少女身上,很难认出刚刚两年前那张照片上摆着挑衅姿势的女孩了。一条微微卷曲的刘海未能缓和她严肃的神态。今年夏天几乎使她丧失童贞的小伙子侵袭了她的全身,正如她偷偷地保存在一个橱柜的书籍之中、沾有血迹的三角裤所证实的那样,但在她的脸上看不出任何迹象。从她的行为和姿态上也看不出来:课后走在街上想再见到他,回到少女之家和哭泣——对着一个作文题目待上几个小时也弄不明白——星期六当她回到父母那里,不停地想着《只有你》①,——大吃面包、饼干和巧克力。

没有任何迹象可以看出这种她需要拼命摆脱才能去学习哲学术语的生存重负。为了让本质、绝对命令占满脑海,以此压抑肉体、吃东西的欲望、不再流出的月经的困扰。对现实进行思考,使它不再成为现实,而是变成一种抽象的、感觉不到的、精神上的事物。几个星期以后,她要停止吃饭,去买新的减肥药,只成为一种纯粹的意识。当她在课后走上两边有着集市日木棚的马恩河大道时,乐曲的吼声像灾难一样追随着她。

照片上的二十六个学生并非全都相互说话。每个人只对十来个人说话,不理睬其他的人,其他人也不理她。当她们在中学

---

① 美国流行乐队派特斯发行的第一首歌曲,是黑人歌星第一首畅销全球的金曲。

附近交错而过的时候,所有的人都本能地懂得她们应该做的事情,无论是否料想到,都只是微笑,不再看对方了。不过,从哲学课到体育课,点名时所有回答"到"的声音,彼此的生理和服装的特色已经印在大家的意识里,因而班里的每个女孩身上都带有一点其他二十五个人的个性。总而言之,这是负载着在班里持续流传的判断和感觉的二十六种幻象。与其他人一样,她不知道人家是怎样看她的,尤其希望不要引人注意,不如属于那些默默无闻的人,既不杰出也不机敏的好学生。她不想说她的父母开着一家咖啡杂货店。她因食品烦恼、月经不调、不知道什么是文科预备班①、穿一件仿麂皮而不是真麂皮的上衣而感到羞愧。她感到非常孤独。她读罗沙蒙德·莱曼②的《尘埃》和在当代诗人絮佩维也尔③、米洛兹④、阿波利奈尔⑤的诗集中能够读到的一切,《我知道我的情人你还爱着我》。

如果可能提高自我认识的重要问题之一是能否清楚地知道在每个年龄、生命的每一年,我们怎样回忆过去,那么给予这个第二排的女孩是什么样的回忆呢?也许她没有别的,只有对去年夏天的回忆,几乎没有画面的回忆,一个不在这里的肉体、一个男人的肉体融进了她的肉体。对于未来她的身上并存着两种打算:1.变成苗条的金发女郎;2.成为自由、自主和对世界有用

---

① 为报考高等师范学校而设立的补习班。
② 罗沙蒙德·莱曼(1901—1990),英国女小说家。
③ 于勒·絮佩维也尔(1884—1960),法国诗人、作家,生于乌拉圭的法国侨民家庭,拥有法国和乌拉圭的双重国籍。
④ 米洛兹(1877—1939),原籍立陶宛的法国作家。
⑤ 纪尧姆·阿波利奈尔(1880—1918),法国诗人,现代派诗歌的先驱。

的人。梦想成为麦琳娜·德蒙吉奥①和西蒙娜·德·波伏瓦。

即使应征的士兵继续开往阿尔及利亚,这个时代还是属于希望和意志,属于对大地、海洋和天空里的宏伟规划,属于豪言壮语和盛大葬礼,杰拉·菲利普和加缪②。会有法兰西号邮轮,凯乐威汽车与协和飞机,待到十六岁的学校,文化馆,共同市场以及有朝一日阿尔及利亚的和平。有新法郎,塑料编结的吉祥物,加香料的酸奶,盒装牛奶和半导体收音机。我们第一次能够在无论什么地方听到音乐,在海滨沙滩上自己的脑袋旁边,走在街道上的时候。半导体收音机带来的是一种陌生的乐趣,是能够独自待着而又不孤独、随意支配世界上各种各样的声音的乐趣。

年轻人来了,越来越多。学校缺乏教师,只要满十八岁和有业士证书就能被派到小学一年级的课堂上去让学生读《雷米和科莱特》。人家让我们做一些好玩的事情,呼啦圈,《伙伴们好》《小小年纪就不听话》③,我们没有任何权利,不能选举和做爱,甚至不能提意见。为了有发言权,首先必须证明自己融入了占统治地位的社会典范,"进入"教育界、邮政部门或者法国国营铁路公司,在米其林集团、吉列公司,在各种保险公

---

① 麦琳娜·德蒙吉奥(1935—2022),法国女电影明星。
② 阿尔贝·加缪(1913—1960),法国作家,1957年获得诺贝尔文学奖,1960年死于车祸。
③ 这是一个专为年轻人播送的音乐节目。

司里:"谋生"。未来就是一连串延续的经验的总和,二十四个月的兵役,工作,婚姻,孩子们。人们期待着我们自然地接受这种传承。面对这种规定好了的未来,我们模糊地希望长久地保持年轻。一切关于我们欲望的空话和教诲都为时已晚,但是在社会可以用言语表达的东西与我们无法表达的东西之间的鸿沟,在我们看来是正常和无法改变的,这甚至不是某种我们可以思考的东西,而仅仅是每个人在观看《精疲力尽》①时内心感觉到的东西。

人们实在腻烦了阿尔及利亚,放在巴黎的一些窗户边上的"秘密军队组织"②的炸弹,在小克拉马尔③的谋杀,醒来时就听到一些陌生的将军为干扰通向和平和"自治"的进程而发动政变的消息。他们逐渐习惯了独立的观念和阿尔及利亚民族解放阵线的合法性,熟悉了它的领袖们的名字,本·贝拉④和费尔哈特·阿巴斯⑤。他们对幸福和平静的渴望,与制定一种正义的原则、一种不久前还不可设想的去殖民化是吻合的。然而对于"阿拉伯人",人们总是显得极为害怕,不如说冷漠透顶。不仅躲避和漠视他们,而且决不可能在街道上接触他们,因为他们的兄弟正在杀害地中海那边的法国人。而移民劳动者,当他和

---

① 让-吕克·戈达尔执导的法国新浪潮影片。
② 二十世纪六十年代初阿尔及利亚反对独立的右翼组织。
③ 1962年戴高乐被行刺的地点。
④ 本·贝拉(1918—2012),阿尔及利亚民主共和国首任总统(1963—1965)。
⑤ 费尔哈特·阿巴斯(1899—1985),阿尔及利亚民族解放阵线领袖,1962年任阿尔及利亚第一任总统。

法国人交错而过的时候,比法国人更快和更清楚地知道自己长着敌人的面孔。不管他们是否生活在贫民窟里,在流水线上或者在一个洞穴的深处干活,他们十月份的示威游行被禁止了,接着是残酷至极的镇压,我们听说甚至其中也许有一百来个人被扔进了塞纳河,这似乎也属于正常状态。(后来,当我们知道一九六一年十月十七日发生了什么事情的时候,我们无法说明当时知道的事实,除了记得天气温和、大学快要开学之外什么也没有发现。感受到不知情的苦恼——哪怕国家和报刊为此不惜一切——似乎无知与沉默永远也无法弥补一样。我们只会白费力气,戴高乐的警察在十月份对付阿尔及利亚人的仇恨的弹药,第二年三月份针对"反秘密军队组织"战士的弹药,两者之间不会有相似的关系。沙罗纳地铁站里挂在栅栏上的九具尸体,和塞纳河里的不知多少尸体是不会碰头的。)

没有人问过埃维昂协议①是一个胜利还是一个失败,那是轻松和遗忘的开始。我们不再关注后来的事情,那边的阿尔及利亚法侨和当地保安部队的官兵,这里的阿尔及利亚人。我们希望明年夏天到西班牙去,据那些去过的人说东西都那么便宜。

人们习惯了暴力和世界的分裂:东/西,庄稼汉赫鲁晓夫/年轻的总统肯尼迪,佩普纳/唐·卡米洛②,基督教学生青年会/共产主义学生联盟,《人道报》/《黎明报》,佛朗哥/铁托,天主/共

---

① 法国和阿尔及利亚在1962年3月18日签订的协议,宣布立即停火,结束了为期八年的阿尔及利亚战争。
② 意大利影片中的两个人物。佩普纳是村长,共产党员;唐·卡米洛是村里的教士,两人意味着共产党反对天主教蒙昧主义的斗争。

产;在外部的冷战笼罩之下他们感到内心的平静。除了工会关于使暴力规范化的宣讲之外,他们并不抱怨,他们打定了由国家来照管自己的主意,听着让·诺歇每天晚上在电台上的说教,没有看到罢工成功了。当他们在十月份的全民公决投赞成票的时候,不是出于通过普选来选举共和国总统的意愿,而是悄悄地希望戴高乐即使不能当到世界末日,也要保住终身总统的地位。

我们,我们在边听半导体收音机边准备学士学位证书的考试。我们去看《五点到七点的克莱奥》《去年在马里昂巴德》①,伯格曼②,布努埃尔③和意大利电影。我们喜欢雷奥·费雷④,芭芭拉,让·菲拉,莱尼·埃斯库德罗⑤和克洛德·努加诺。我们读《切腹》杂志。我们觉得与那些说不知道希特勒、他们的偶像比我们还要年轻的耶耶音乐⑥歌手,与扎着双马尾、课间休息时唱歌的女孩子,吼叫着在舞台上翻滚的男孩子毫无共同之处。我们觉得他们永远赶不上我们,在他们身边我们显得老了。可能我们也会在戴高乐统治下死去。

然而我们不是成人。性生活仍然是秘密的和初步的,老是担心出"事故"。没有人被认为婚前有过一次性生活。小伙子们以为能通过一些猥亵的隐喻来炫耀他们的色情知识,只知道在少女身上的那个地方泄欲而性交,她们则出于谨慎而防止他

---

① 法国新小说派领袖罗伯·格里耶的影片。
② 英格玛·伯格曼(1918—2007),瑞典电影艺术家。
③ 路易斯·布努埃尔(1900—1983),西班牙超现实主义电影大师。
④ 雷奥·费雷(1916—1993),法国歌手、诗人。
⑤ 莱尼·埃斯库德罗(1932—2015),法国歌手。
⑥ 二十世纪六十年代美国青年中流行的音乐风格。

们这样做。童贞靠不住了,性欲是一个解决得不好的问题,少女们在任何小伙子都不准进去的大学城房间里一连几个小时地议论。她们从书本里获得信息,读《金赛性学报告》以坚信快感的合法性。她们面对性器官保持着母亲们的羞愧。总是有一些给男人用的和给女人用的词语,她们不说"爽"和"鸡巴",什么都不说,除了用一种沙哑的、特有的声音说"阴道""阴茎"之外,她们讨厌说出性器官的名字。胆子最大的敢于去找一个地下组织"计划生育"的女顾问,忍痛让人给自己安置一个橡胶阴道隔膜。

在梯形教室的长凳上,她们并不怀疑坐在身边的小伙子害怕她们的身体。如果他们用单音节回答她们最纯洁的问题,这不是出于蔑视,而是害怕她们腹部陷阱的错综复杂,归根结底他们更喜欢晚上自己手淫。

由于不像之前在松林里或者在布拉瓦海岸①上那么小心,一些日子以来总是洁白的短裤后裆使时间停了下来。必须"解决"——以一种瑞士富人的方式,或者另一种方式——在一个没有专业能力的陌生妇女的厨房里,她拿出一根用双耳盖锅煮沸过的探针。读过西蒙娜·德·波伏瓦的书,除了验证有个子宫的不幸之外毫无用处。所以少女们依然像病人那样量自己的体温,计算风险的周期,四个星期中有三个星期。她们生活在两种不同的时间里,一种是所有人的时间,有些作文要写,有假期,另一种是变幻莫测、危险、随时可能停止的时间,她们的经血的

———————
① 西班牙地名。

难以忍受的时间。

在梯形教室里,打着领带的老师通过作家们的传记来解释他们的作品,为了表示尊重活着的人而称安德烈·马尔罗①"先生"和尤瑟纳尔②"夫人",而且只让研究一些死去的作家。我们不敢引证弗洛伊德,担心招来嘲笑和得个坏分数,也难得冒险引证巴什拉尔③和乔治·普莱④的《人类的时间》。我们相信在一篇作文的开头宣布应该"拒绝标签"以及《情感教育》⑤是"第一部现代小说",是一种伟大的精神独立的表现。在朋友之间,我们互赠一些写有题词的书籍。那是卡夫卡、陀思妥耶夫斯基、弗吉尼亚·伍尔夫、劳伦斯·杜雷尔⑥的时代。我们发现了"新小说",布托尔⑦、罗伯·格里耶⑧、索莱尔斯⑨、萨洛特⑩,我们

---

① 安德烈·马尔罗(1901—1976),法国政治家、作家,以描写中国革命的小说而著称。
② 玛格丽特·尤瑟纳尔(1903—1987),法国女作家,法兰西学士院第一位女院士。
③ 加斯东·巴什拉尔(1884—1962),法国哲学家。
④ 乔治·普莱(1902—1991),日内瓦学派批评家。
⑤ 法国作家福楼拜的小说。
⑥ 劳伦斯·杜雷尔(1912—1990),移居国外的英国作家。
⑦ 米歇尔·布托尔(1926—2016),新小说的代表作家之一,作品有《变》等。
⑧ 阿兰-罗伯·格里耶(1922—2008),法国新小说派的领袖,作品有《橡皮块》等。
⑨ 菲利普·索莱尔斯(1936—2023),法国先锋派作家,《原样》杂志的创办者。
⑩ 娜塔丽·萨洛特(1900—1999),新小说的代表作家之一,著有《怀疑的时代》等。

想喜欢它,可是从中没有发现足以支持我们生活下去的东西。

我们更喜欢用一些词语和句子概述生活,我们的生活与城市主妇和送货员的生活,但又使我们有别于他们的作品,因为与他们不同的是我们给自己"提出问题"。我们需要本身包含一些解释世界和自我的原则、把一种道德强加给我们的词语:"异化"及其附属词汇,"恶意"和"内疚""内在性"和"超验性"。我们以"真实性"为尺度来评价一切。我们如果不是担心得罪将离婚者和共产主义者都看作耻辱的父母,我们会加入共产党。在一个咖啡馆里,在烟雾腾腾的嘈杂声中,布景一下子失去了意义,我们感到自己是世界的局外人,既没有过去也没有未来,是"一种无用的激情"。

当白昼在三月里变长、穿着冬衣觉得太热的时候——这不仅仅是正在到来的夏天,这就是生活,既无形式也无计划——我们在走向大学的时候反复地讲,the time is out of joint, life is a tale told by an idiot full of sound and fury signifying nothing①。我们在朋友之间讲述我们希望怎样自杀:在瓜达拉哈拉②的山脉里,在一个睡袋里吃些安眠药。


六十年代中期,在星期天吃午饭的时候,父母利用大学生在场——周末回来洗衣服——的机会邀请家庭的其他成员和朋

---

① 语出莎士比亚名剧《麦克白》:"这时代乱套了,人生如痴人说梦,充满着喧哗与骚动,却没有任何意义。"
② 西班牙地名。

友,一桌的人议论着一个超市的出现和一个都市游泳池的建设,4L 型和 Ami 6 型简易汽车。已经买了一台电视的人讨论着部长们和女播音员们的相貌,谈论着在银幕上看到的明星,好像在谈同一层楼的邻居。看过雷蒙·奥里维洒上酒火和胡椒烹调牛排的画面,伊戈尔·巴莱尔的一个医学节目或者"36 支蜡烛",似乎赋予了他们一种高级话语权。那些没有买电视的人对齐特罗纳、安娜-玛丽·佩松①、在让-克里斯多夫·阿弗蒂的绞肉机里通过的婴儿们都一无所知,面对他们的刻板和冷漠,大家回到了接近的和共同感兴趣的话题上,兔子最好的加工方法,当公务员的好处,服务良好的肉店。他们提到二〇〇〇年,计算他们有多大可能活到那时,到时有多少岁。他们开心地想象着世纪末的生活,用一粒药丸代替的饭菜,什么都能干的机器人,月球上的房屋。他们很快就不再说了,人人都不在乎知道四十年以后怎样生活,因为即使活着也只有一口气了。

为了称赞我们学业的客人,为了父母,为了零用钱和要带走的洗净烫平的衣服,我们怀着一种必须牺牲几个小时——本来能够用来阅读弗吉尼亚·伍尔夫的《海浪》或斯托埃泽尔的《社会心理学》——的感觉,心甘情愿而又笨拙地介入了谈话。我们不由自主地注意到那些用食物擦盘子里的酱汁、晃动杯子以溶化糖块、尊敬地说起"某个高层人物"的方式,并且一下子从外部感受到家庭的环境,犹如一个不再属于我们的封闭世界。萦绕着我们的所有观点,与一切疾病、在月亮升起时栽种的蔬菜、在工厂里受到的停职惩罚、与这里变化着的一切无关。为此

---

① 安娜-玛丽·佩松(1935—2015),法国记者。

我们不再对他们谈起我们,我们的课程,以免说出任何反驳他们的话,例如表示我们对今后是否会有良好的境遇,是否能进入教育界没有把握,这样就会使他们的信仰崩溃,觉得像是一种侮辱并且怀疑我们的能力。

对占领时期和轰炸的回忆不再激起宾客们的热情。恢复昔日感情的能力已经消失了。当某个人在吃完饭时说起"还有一样德国鬼子不会有的东西"时,这只是引证而已。

战后那些盛大的星期天对于我们也是如此,《巴黎之花》和《本地产的白葡萄酒》似乎属于一个已经过去的时代,也就是童年时代,关于它我们什么都不想听,如果有一个叔叔试图旧事重提:"你还记得我教过你骑自行车吗?"我们就觉得他老了。在乱哄哄的声音,各种各样我们来到世上后听见,但已不再能自然想起的词语和表达当中,我们感觉自己浮动在另一些星期天难以分辨的图景中,一直沉进我们为了餐后点心回到桌边时,耳旁的故事所涉的久远时光;我们玩得气喘吁吁,然后再听一些今天再也没有人想重提的老生常谈。


在这张黑白照片上,近景是趴在地上的三个少女和一个小伙子只看得见上身、其余隐没在一个斜坡里。在他们后面是两个小伙子,一个俯身站着,在天空的衬托下显得格外突出;另一个跪在地上,他伸出的一条手臂似乎使一个少女感到不快。背景是一条沉浸在雾气里的山谷。照片背面写着:大学城。圣埃尼昂山。一九六三年六月。布里吉特、阿兰、安妮、热拉尔德、安妮、费里。

她是中间那个少女,模仿乔治·桑用束发带绑头发,宽阔的肩膀袒露着,最有"女人味"。她紧握的双拳古怪地从躺着的上身下面露了出来。没有眼镜。照片摄于考试与公布成绩之间的日子里。这段时间都是不眠之夜,酒吧里的讨论和城里的房间,接着是在《爪哇女人》的背景下轻率到最大限度的裸体爱抚。她怀着置身于世界之外的犯罪感在午睡中苏醒,就像她醒来时环法自行车赛和雅克·恩奎蒂尔早就过去的那天一样。她寻欢作乐却感到厌倦。照片上她身边的两个少女属于资产阶级。她感到自己和她们不是一类人,而是更强大和更孤独。和她们交往过于频繁,陪她们参加家庭舞会,她有种自降身份的感觉。她也不觉得现在与她童年时代的工人世界、与父母的小商业界有任何共同之处了。她转到了另一边,但又说不出是哪一边,她的生活在她后面构成了一些没有联系的画面。除了在知识和文学里之外,她在任何地方都感觉不到自己。

此刻这个少女的抽象知识还不可能被分门别类,她的阅读也是如此,她读完的现代文学的学士学位只是普通水平的一个标志。她从存在主义、超现实主义中大量吸取知识,阅读陀思妥耶夫斯基、卡夫卡、福楼拜的全部作品,同样强烈地需要新的事物,勒克莱齐奥和"新小说",似乎只有最新的书籍才能带来关于此时此刻的世界的最正确的看法。

学业在她看来不只是一种逃避贫困的手段,还像是一种特定的斗争工具,用来反对这种引起她怜悯的女性困境、这种她经历过并感到羞耻的沉溺于一个男人的诱惑(参看五年前的中学照片)。没有任何要结婚和生孩子的欲望,做母亲与精神生活在她看来是互不相容的。她断言无论如何,她将是一个不称职的母亲。她的理想是安德烈·布勒东①的一首诗篇里的姘居。

在某些时候,她面对学过的一切感到沮丧。她的身体年轻而思想却陈旧了。在她的内心日记里,她写到觉得自己"被塞进了太多的到处都适用的观念、理论",她在"寻求另一种语言",渴望"恢复最初的纯洁",她梦想用一种陌生的语言写作。词语对于她是"一块黑色台布周围的一种小小的刺绣图案"。另外有些话反对这种沮丧:"我是一种意愿和欲望。"她没有说是哪些意愿和欲望。

她把未来看成一道红色的大阶梯,苏丁②刊登《大家读》报纸上的一幅画上的阶梯,她剪下来贴在大学城房间里的墙上。

她有时会流连于童年时的照片,上学的第一天,废墟里的一个集市日,在滨海索特维尔③度假,等等。她也想象自己在二十年后,正在回想她们现在、涉及所有人的、关于共产主义、自杀和避孕的争论。二十年后的女人是一种概念、一个幽灵。她永远到不了这个年龄。

看着照片上的她,这个结实的漂亮少女,我们不会想到她最大的恐惧是疯狂,她看到只有写作——也许是一个男人——能够至少暂时地预防它。她开始写一部小说,其中有对过去和现在的印象,夜间的梦幻与对未来的想象在一个从她身上剥离的复制品"我"的内心交替出现。

---

① 安德烈·布勒东(1896—1966),法国超现实主义运动的创始人和理论家,《姘居》是他在1931年发表的诗篇。
② 沙伊姆·苏丁(1894—1943),原籍立陶宛的法国画家。
③ 在法国滨海塞纳省。

她肯定没有任何"个性"。

她的生活与历史之间没有任何关系，然而历史的痕迹却已经被三月份冰冷的感觉和阴沉的天气固定下来了——矿工罢工——圣灵降临节周末的潮湿——圣若望二十三世之死——，一个同学的话："世界大战迫在眉睫"——古巴危机——，在全国学生联合会的舞会上度过的一夜与将军们的军事政变的巧合，萨朗①，沙勒，等等。重大事件的时代与社会新闻的时代——她瞧不起"死狗"②——都不是她的时代，一切都呈现在各自的图景里。几个月之后肯尼迪在达拉斯被刺杀，比去年夏天玛丽莲·梦露的死更使她无动于衷，因为她的月经有八个星期没有来了。

物品越来越快的到来把往事推到后面。人们不问它们的用处，只想拥有它们，并且为没有挣到足够的钱来立即付款购买它们而痛苦。他们习惯于写支票，发现"付款的便捷"，索凡可信贷银行的贷款。他们自如地使用着新式产品，为用上了一台吸尘器和一个电吹风而自豪。好奇心胜过了怀疑。我们发现了特定产地的葡萄酒和洒上酒火制作的甜点，撒胡椒的芥末蛋黄酱

---

① 萨朗(1899—1984)，法国将军，1961年发动阿尔及利亚军事政变，次年被判终身监禁。1968年被赦免获释，1982年被恢复名誉。参与这次政变的沙勒将军也被判监禁。
② 第三共和国时期，一个法国政治家指责其对手执行政策的方式为"顺水漂流的死狗"。这个表达随后用来代指朝令夕改，易受动摇的政策。

拌牛肉馅,香料和番茄沙司,撒面包粉的煎鱼和压成片状的野菜泥,快速冷冻的小豌豆,棕榈的嫩茎,剃须后搽的凉爽液,浴盆里的浴液和加尼古牌狗粮。食品店和消费合作社让位给了超市,顾客们在付款之前高兴地抚摸着商品。我们感到自由了,不用向任何人问任何事情了。每天晚上巴贝斯大百货店用免费的菜肴和饮料接待买主。中产阶层的年轻夫妇用埃勒姆牌咖啡壶,迪奥香波,频率可以调节的收音机,高保真的音响组合,威尼斯的大纱窗帘和墙上的黄麻装饰布,柚木地板的客厅,敦罗比奥床垫,写字台或斯克里邦桌①等他们只是在一些小说里见过名称的家具来购买高雅。他们经常出入古玩店,用熏制鲑鱼、虾肉鳄梨和涮肉火锅请客,读《花花公子》和《他》《芭芭丽娜》《新观察家》、德日进②、《行星》杂志,对着一些"豪华住宅区"——光是名称就已经够奢侈的了——带化妆间的"极为舒适的"住房小广告想入非非。他们第一次乘飞机时掩饰着紧张的心情,看到下面一块块的绿色和金色的土地就激动起来。他们为还尚未拥有一年前就要求安装的电话而恼火。其他人看不到有电话的好处,仍然到邮局去,服务员拨号后让他们到电话间里去。

　　人们乐此不疲,他们要利用这一切。

　　在一本很受欢迎的小册子《关于一九八五的思考》里,未来显得非常美好,繁重而肮脏的工作将由机器人去完成,所有的人都能获得文化和知识。在遥远的南非进行的第一次心脏移植,似乎向着消灭死亡模糊地迈出了一步。

---

① 十七世纪弗兰德地区制造的一种倾斜形的桌子。
② 德日进(1881—1955),法国哲学家、神学家、古生物学家及地质学家。

物品的充盈掩盖着思想的匮乏和信仰的衰退。

年轻的老师们使用他们中学时代的拉加尔德和米夏尔德，给出重点的题目和进行期末考试，参加在每张公报上都断言"当局退却了！"的工会。里维特的《修女》被禁止了，色情书籍向"朦胧场所"邮购。萨特和波伏瓦拒绝到电视台去（不过人人对此都无所谓）。我们停留在已经枯竭的价值和语言中。后来，当我们想起努奴尔玩具熊在《孩子们晚安》里好抱怨的动人声音的时候，会感到是戴高乐每天晚上来到我们的身边。

迁移活动从四面八方传遍了整个社会，农民从山上走向峡谷，从城市中央被放逐出去的大学生爬到丘陵上的校园里，在南泰尔①与贫民窟里的移民一起处在同样的污泥浊水之中。从阿尔及利亚被遣返回国的人和熟练工人的家庭离开了他们带户外厕所的低矮房屋，在按带 F 后跟一个数字划分的居民点里聚在一起了。然而人们渴望的不是要在一起，而仅仅是集中供暖、明亮的墙壁和一个浴室。

我们从来不相信会有可能的事情，是最严格禁止的避孕丸被一条法令准许使用了。我们一直不敢向医生要，他也不开给我们，尤其是我们尚未结婚的时候。这是一种不知羞耻的行径。我们充分感到生活将随着避孕丸的使用变得混乱，肉体自由得吓人，像一个男人那样自由了。

---

① 法国塞纳省省会，是巴黎西部的工业郊区。巴黎十大坐落在此。

世界上的年轻人用暴力给出了他们的消息。他们在越南战争里找到了造反的理由,在毛的"百花齐放"里找到了梦想的自由。披头士四人爵士乐队表达了纯洁欢乐的觉醒,只要一听到它们我们就会觉得幸福。精神失常的言行随着安托万①、尼诺·费雷②和杜特隆克③,获得了胜利。定居下来的成年人装作什么都没看见,听着法国广播电视台的蒂里波特,欧洲电台的莫里斯·比罗,圣格拉尼埃的常识时刻,比较电视上女播音员的美貌,思忖米蕾伊·马蒂厄或乔热特·勒迈尔当中谁将是新的皮亚芙。他们从阿尔及利亚出来,受够了那里的战争,不安地注视着以色列的坦克压死纳赛尔④的士兵,对一个他们以为解决了的问题重新出现,以及受害者变成战胜者感到困惑。

因为所有的夏天归根结底都是相似的,只关注自己是越来越愚蠢了。由于过分的孤独和在相同的咖啡馆里的讨论,"实现自我"的命令转向空虚。自以为年轻的感觉在蜕变成一种持续得没完没了的沉闷,我们证实了夫妇的社会地位高于单身汉。我们比以往更坚定地去爱,如此一来,有一次我们没有注意荻野历,便顺水推舟地结了婚,很快成为父母。一个卵子和一个精子的相遇加速了个体的进程。我们以学监、临时侦探、家庭教师的工作结束了自己的学业。作为"援外人员"出发去阿尔及利亚

---

① 安托万(1944— ),法国流行歌手。
② 尼诺·费雷(1934—1998),法国歌手和作曲家。
③ 雅克·杜特隆克(1943— ),法国歌手和作曲家。
④ 纳赛尔(1918—1970),埃及共和国第二任总统。

或者黑非洲,像一次冒险一样诱人是成家立业之前赋予自己一次最后延期的一种方式。

有了稳定的职业,年轻的夫妇们开了一个银行账户,向贸易公司贷了一笔款子,用来配置一台带冷冻室的冰箱,一台气电两用炉灶,等等。由于婚姻的恩赐,在面对他们所缺乏的一切的时候,他们吃惊地发现自己是那么贫困,从前他们没有怀疑过它们的价格和必要性,现在是不言而喻的了。我们骤然变成了成年人,父母终于可以在向我们传授他们关于节约、看孩子、清扫地板等实用的生活常识时不被我们顶撞了。被称为"夫人"时用另一个不是自己的姓,这是一件自豪而奇怪的事情。我们开始终日为生计、为每天两次的食品而操心。我们不断地出入不习惯的地方,卡兹诺超市、单一价超市和新百货商店的食品柜台。想无忧无虑,像从前那样生活、夜里和同学们闲逛、看一场电影,这些微弱的愿望随着婴儿的到来而消失殆尽。在黑暗的放映厅里看阿涅斯·瓦尔达的《幸福》时,我们不停地想着他,那么小,独自躺在摇篮里,我们一回来就急忙向他走去,看到他握着小拳头平静地呼吸和睡觉就感到宽慰。我们为此买了电视——它结束了融入社会的过程。星期天下午,我们看《天堂的骑士》《我热爱的女巫》。空间越来越小,时间被分割得越来越有规律:工作的日程表,托儿所,洗澡时间和《迷人的马术》,星期六的购物。我们发现了按部就班的幸福。在看到自己远离个人规划——绘画,学音乐,写作——时的忧伤,从为家庭规划做贡献的满足中得到了补偿。

以一种使我们目瞪口呆的速度,我们全都形成了密封的和足不出户的微小斗室,只在年轻的夫妇与年轻的父母之间来往,把单身汉们看成一种对还按揭、布雷蒂娜牌儿童瓶装蔬菜和斯波克博士①一无所知的不成熟的人,他们的来去自由隐隐约约地令人不快。

我们没想过要根据政治演说、世界大事来评判自己的生活。我们只是乐于投票反对戴高乐,支持生气勃勃的、名字模糊地淹没在法属阿尔及利亚的岁月里的候选人,弗朗索瓦·密特朗。在个人的生活进程里,历史是没有意义的。我们只是根据日子的不同而感到幸福或者不幸福。

越是沉浸于人们所说的现实、工作、家庭,我们就越是体验到一种不现实的感觉。

阳光灿烂的下午,在公园的长椅上,少妇们在照看着玩沙桶游戏的孩子时谈论着生孩子、喂孩子的话题。青春时代我们没完没了地互相送来送去时饶舌地所说的知心话,现在显得很遥远了。从前的生活,至多是三年之前,还令人难以置信,留下了没有更多地利用它的遗憾。她们开始操心了,孩子的食物、衣服、疾病。她们以前想着永远不会像母亲,现在接班时更为漫不经心,采用了一种由于阅读《第二性》和《穆力耐克斯②解放了妇女》而得到鼓舞的、轻松自如的形式,而且与母亲不同,否定了她们感到尽管应该做却不知道为什么的事情的一切价值。

---

① 美国博士,写有一些教育儿童的著作。
② 法国一家生产家用器具的股份有限公司,现在是欧洲最大的家用电器生产商。

在年轻夫妇焦虑和激动地准备的午餐上,我们邀请了配偶的家庭以证实我们过得不错,比家庭中的其他成员更有情趣,让大家欣赏威尼斯的大纱窗帘,抚摸沙发的天鹅绒,倾听音箱的功率,拿出婚礼上的全套餐具——不过没有杯子——之后,当人人都成功地安顿在餐桌周围,评论吃涮肉火锅的方式——我们在《她》杂志里找到了烹调的方法——小资产者的谈话就涉及工作、假期和汽车,圣安东尼奥,安托万的长发,阿利斯·萨卜特叙的丑陋,杜特洛克的歌曲。我们免不了要议论一番,以便知道一对夫妇从经济上来说,妻子到外面去工作是否比待在家里更合算一些。我们嘲笑戴高乐、法国人,我理解你们!自由魁北克①万岁!(它被密特朗纳入再次投票似乎打开了不礼貌言行的闸门,并且突然泄露了那个《被绑的鸭子》②只称为"摇摇晃晃的夏尔"的人的老迈。)我们赞扬孟戴斯·弗朗斯的智慧和正直,估量着吉斯卡尔·德斯坦、德费尔③、罗卡尔④的未来。餐桌上平静地回响着混杂和嘲弄的谈话声,关于间谍,莫里亚克和他那含混不清的咕哝声,马尔罗的怪癖。(我们曾把他想象成革命者陈⑤,只要在官方仪式上一看到他和他的大衣,我们就不再相

---

① 加拿大东部说法语的省份。
② 莫里斯·马雷夏尔 1915 年创办的讽刺周刊,亦译为《鸭鸣报》或《绑鸭报》。
③ 夏尔·德费尔(1910—1986),法国政治家。
④ 米歇尔·罗卡尔(1930—2016),法国社会党政治家,法国总理(1988—1991)。
⑤ 马尔罗的小说《人的境遇》(1933)里的人物。

信文学了。)

在五十岁以上的人的嘴里提起的战争,已经简化为充满虚荣、翻来覆去至少啰唆了三十遍的个人逸事。我们赞同为了这一切要有一些纪念演说和花束。第四共和国的一些名字突然出现了,比多①,皮内②,除了我们"那时已经存在"的明显事实之外,没有在我们身上唤起任何明确的印象。在他们还在激起的恼怒中——"居易·莫耶③这个败类"—— 我们吃惊地发现他们扮演了一个重要的角色。关于阿尔及利亚,这个等待着青年教师们过去支教(并且就收入方面,这对他们也是个有利的选择)的地方,这一页已经翻过去了。

避孕会吓住同桌的家人,我们就不说了。堕胎打胎,是一个说不出口的词汇。

我们换了吃餐后点心的盘子,感到自尊心受伤了,因为涮肉火锅得到的不是期待的赞赏,而只是一种好奇的欢迎,伴随着令人失望的——我们毕竟为了准备调味汁吃了不少苦头——和有点高傲的评论。喝完咖啡之后,在清理过的餐桌上打起了桥牌。威士忌使岳父的声调又响又高。难以设想我们总是听着一万个英国人没有出王牌就倒在泰晤士河里。这个新家庭的面孔全都吃得容光焕发,不想午睡的孩子的哼哼声,使我们掠过了一种转

---

① 乔治-奥古斯丁·比多(1899—1983),法国政治家,曾任外交部部长和总理。
② 安托万·皮内(1891—1994),法国政治家,曾参加抵抗运动。
③ 居易·莫耶(1905—1975),法国社会党政治家,1957 年任法国总理,镇压阿尔及利亚民族解放运动。

瞬即逝的印象。我们为自己在这里,拥有曾经渴望过的一个男人、一个孩子和一套住房而感到惊讶。

在里面的黑白照片上,近景是一位少妇和一个小男孩,相挨着坐在一张改成带垫子的沙发的床上,在一扇带透明大纱窗帘的窗户面前,墙上有一件非洲的物品。她穿着一套浅色毛织紧身上衣,羊毛外衣和齐膝盖的裙子。她的总是用深色缎带系住的头发并不对称,突出了丰满椭圆的面孔,由于笑得开心而抬高的颧颊。无论是发式还是整套服装,都不符合以后我们对一九六六或一九六七年的印象,只有短裙适应玛丽官①兴起的时尚。她抱住孩子的肩膀,孩子眼睛活泼,神色清醒,穿着翻领的套头衫和睡裤,张着有小牙齿的嘴巴,被抱住时正在说话。在照片背面写着一九六七年冬天,罗弗希街。这就是说,这里看不到那个娶了她的人,他,调皮而见异思迁的大学生,在不到四年的时间里成了丈夫、父亲和一个山区城市里的行政管理人员。这显然是一张星期天的照片,是他们唯一能够待在一起的日子,在午餐的炖菜气味中,在孩子喃喃自语地拼装着乐高玩具的同时,修理冲洗水箱,听着巴赫②的《音乐的奉献》,这些构成了他们共同的回忆,坚定了他们归根结底是幸福的感觉。这张照片也参与了这种回忆,把"小家庭"固定在一个期限里,孩子的祖父母收到过加印的一张照片,对于他们来说它就是这个小家庭的可靠

---

① 玛丽官(1934—2023),英国著名服装设计师,被称为"迷你裙之母"。
② 巴赫(1685—1750),德国作曲家。

担保。

在一九六七至一九六八年之间的冬季这个确定的时刻,在他们封闭的三人斗室中——只有一个电话或门铃才会干扰——的快乐里,她大概根本没有想到要暂时退出一切的目的主要在于维持这间斗室的事务:购物清单,清点衣服,今晚你做什么晚饭,由于不断地考虑马上要做的事情,使得她难以完成她的对外职责、她的教师工作。家庭的时刻是她感受的时刻,不是她思考的时刻。

当她独自一人或者带孩子散步的时候,她想起了她当做真正思想的东西。真正的思想对她来说不是关于人们说话和穿衣的方式、人行道适于推童车的高度、让·热内①的《屏风》被禁演和越南战争,而是一些关于她自己的问题,本质和拥有,存在。这是转瞬即逝的感觉的深化,不可能与其他人交流,她如果有时间写作的话——她甚至连读书的时间都没有——将会成为她书中素材的一切。在她难得打开——似乎它构成对家庭斗室的一种威胁,因而她也不再有感知内心的权利——的内心日记里,她写道:"我对什么都没有概念了。我不再试图解释我的生活"和"我已经完全成为一个小资产者"。她感到偏离了她从前的目标,除了在物质享受方面的进展之外什么都没有了。"我担心安顿在这种平静而舒适的生活里,稀里糊涂地就活过去了。"就在她确认这一点的时候,她明白自己并不准备放弃从未出现在这本内心日记里的一切,这种同居生活,这种在同一个地方分享

---

① 让·热内(1910—1986),法国荒诞派剧作家、小说家,《屏风》是他的剧作之一。

的私生活,她上完课以后急于回到的这套住房,两个人一起睡觉,早晨电动刮胡刀的嗡嗡声,晚上《三只小猪》的故事,这种重复,她以为憎恨却又依恋,为了中学师资合格证书的考试而小别三天都使她感到失落。当她设想会意外地失去这一切的时候就感到揪心。

她不像从前那样梦想明年夏天的海滩,或者成为作家出版第一本书。未来被用明确具体的词语表达出来:获得一个更好的职位,晋升和财产,孩子进幼儿园,这些不是梦想,而是预见。她常重拾那些她独自一人时的照片,看到自己走在城市的街道上,在她占据的寝室里——在鲁昂的一个少女之家里,在只管食宿没有工资的芬奇利①,在罗马度假时在塞维奥-图里奥街的一所寄宿学校里。她觉得那是她的自我继续在那里生活。过去和未来,总之是颠倒过来了,现在渴望的目标是过去而不是未来:回到一九六三年夏天罗马的这个房间里去。她在日记里写道:"由于一种极度的自恋,我愿看到我的过去白纸黑字地在那里,保持着和我现在不同的样子,"以及"这是一种萦绕我心的女人形象。也许由此确定自己的方向。"三年前在巴黎一个展览会上,她看到多萝茜·坦宁②的一幅画,画面上有一个胸部赤裸的女人,身后是一连串半开的门。标题是《诞辰》。她觉得这幅画表现了她的生活,她在其中就像她从前在《飘》、在《简·爱》,后来在《恶心》里一样。对于她读的每一本书,《到灯塔去》③《光

---

① 英国地名。
② 多萝茜·坦宁(1912—2012),美国画家。
③ 英国小说家弗吉尼亚·伍尔夫在1927年发表的小说。

明年代》①,她都要问自己是否能够像这样叙述自己的生活。

父母在诺曼底小城里的照片转瞬间出现在她的脑海里,为了带她去参加晚上的夜课而正在脱去罩衫的母亲,从花园里回来、肩上扛着铁铲的父亲,一个继续存在的、比一部影片更不真实的缓慢的世界,远离她身处的现代的、有教养的、向着很难说是什么地方前进的世界。

发生在这个世界上的事情与发生在她身上的事情之间,没有一个交叉点,是两个平行的系列,一个是抽象的,完全是感觉到之后立刻就被遗忘的信息,另一个则有确定的计划。


在这个时代的每个时刻,在人们认为理所当然地去做和说的事情旁边,在规定要同样通过书籍、地铁里的广告和滑稽的故事来思考的事情旁边,有着另一些事,社会对此保持沉默,且不知道它还在如此;那些感觉到了这些事却又无法为之命名的男男女女,他们的苦恼与孤独是注定的。沉默有朝一日突然被打破了,或者一些关于这些事情的词语突然出现并且最终被承认了,而它们下面又在重新形成其他的沉默。


记者和历史学家们后来喜欢争先恐后地回忆起一九六八年五月风暴之前几个月,皮埃尔·维安松-蓬泰在《世界报》上所写的一句话:"法国厌倦了!"不难找到一些本身灰暗的、充满日

---

① 法国作家塞尔日·勒兹瓦尼(1928— )发表于1967年的小说。

期不明的忧愁的照片,一些坐在电视前看安娜-玛丽·佩松①的星期天,而且我们能肯定对所有的人来说都是一样的,一个毫无生气的清一色的僵化世界。而电视呢,在以一种简略的演员大全来传播亘古不变的肖像集的同时,将会对事件构成一种不能变动的看法,迫使人们接受这种印象:那一年,十八至二十五岁的人都在一起嘴上捂着手帕向保安队队员扔石块。在摄像机拍摄的画面的重复之下,我们五月份亲身经历的画面被冲淡:它们既非众所周知——火车站广场的一个星期天空无一人,没有旅客,报亭里也没有报刊——也不荣耀——当人们担心缺钱(抓紧到银行挤兑)、缺汽油特别是缺食品的时候,出于遗传下来的对饥饿的记忆而把家乐福的手推车装得满满的。

那是一个普通的春天,四月里雨水不断,而复活节来得很晚。我们和让-克洛德·基利②一起看冬季奥林匹克运动会,读《艾莉丝或真正的生活》③,骄傲地把 R8 型简易汽车换成了一部菲亚特小轿车,开始和全科班一年级④的学生一起研究《老实人》,收音机里讲述的大学里的骚乱只是听听而已。和往常一样,它们会被当局镇压下去的。然而巴黎大学关门了,中学师资合格证书的书面考试没有进行,与警察发生了一些冲突。一天

---

① 安娜-玛丽·佩松(1935—2015),法国著名女主持人。
② 让-克洛德·基利(1943—  ),1968 年冬季奥运会获高山滑雪三项冠军。
③ 法国女小说家克莱尔·埃切勒利(1934—2023)在 1967 年发表的小说,获费米娜奖,写一个阿尔及利亚男人和一个法国女人的爱情故事,后来被改编成影片。
④ 相当于高二,全科班指没有明确选文、理、商的学生班级。

晚上,我们在欧洲一台上听到了一些气喘吁吁的声音,在拉丁区建立了街垒,就像十年前在阿尔及尔一样,有一些燃烧瓶和伤员。现在我们意识到发生了什么事情,不再指望第二天就恢复正常生活了。我们思绪混乱、犹豫不决地聚在一起。大家面面相觑,逐渐都停止了工作,没有明确的理由和要求,因为当出乎意料的事情突然出现的时候,除了等待之外是不可能做什么的。明天会发生的事情,我们不知道也不想知道。这是另一个时代。

我们从未真正认命接受自己的工作,并非真正想要自己所买的东西,在比我们年轻不了多少、向保安队队员投掷石块的大学生身上,我们认出了自己。他们代替我们,逼迫当局重新面对审查和镇压的岁月、对反阿尔及利亚战争的示威游行的猛烈打击、对北非阿拉伯人种族主义的暴力行动、被禁止的《修女》和官员们见不得人的秘密文件。他们为我们青少年时代的一切争吵、梯形教室里恭敬的沉默、在大学城的房间里偷偷地接纳小伙子时的羞耻感进行了报复。正是我们自己,我们被压制的欲望、服从的沮丧,使我们欢迎巴黎的这些火红的夜晚。我们惋惜没有更早地看到这一切,不过觉得我们在职业生涯的开始就碰上这些事情还是很有运气的。

突然之间,家庭对话里的一九三六年变成了现实。

我们看到和听到了有生以来从未见过和听说过也不相信有可能的事情。一些自古以来按规定要经过批准才能使用、只有一些限定的人方能进入的场所,大学,工厂,剧场,向无论什么人都开放了,除了他们该在这里做的事情之外,他们还在里面争论、吃饭、睡觉、相爱,什么都干。不再有机关重地和神圣的空间。教授和学生,青年和老人,官员和工人互相说话,一切等级和距离奇迹般地消失在话语之中。人们摆脱了演讲中的各种婉转措辞,反复推敲的风雅语言,庄重的声调和迂回的说法,这种距离——我们意识到,只要看看米歇尔·德鲁瓦①就行了——权贵及其奴才就是用它来强加他们的统治的。一些激动的声音粗暴地讲述着事情,毫无歉意地相互打断。所有的面孔都表达着愤怒、蔑视、欢乐。自由放任的姿态、精力充沛的身体挤满了屏幕。如果这是革命的话,它就在那里,显而易见,在无论什么地方坐着的一张一弛的身体里。当重新出现的戴高乐——他在哪里?我们希望他一去不返——用一张因厌恶而扭曲的嘴巴谈到"捣乱分子"的时候,我们不用知道什么意思,就感觉到了他被造反所激起的全部贵族式的轻蔑,一言以蔽之就是驱散渣滓、麇集交尾的动物和失控的冲动。

我们并未考虑到没有出现一个工人领袖。左翼政党和各个工会的领导人露出和蔼可亲的模样,继续决定着一切需要和意愿。他们匆忙地与政府——它却几乎不再动弹——谈判,似乎没有比获得提高购买力和提早退休年龄更为有利的了。看到他们夸夸其谈地从格雷内尔②出来,用一些三个星期来已经被人遗忘的话语,说着当局已经"同意"的"措施",我们都觉得寒心。

---

① 米歇尔·德鲁瓦(1923—2000),法国作家,1980 年当选为法兰西学士院院士。
② 巴黎格雷内尔街上劳动部所在的大厦,1968 年 5 月 27 日,政府与工会在这里签订了格雷内尔协议。

我们看到"基层"拒绝在格雷内尔所做的让步和孟戴斯·弗朗斯在夏勒蒂体育场时又重新产生了希望。随着议会的解体和宣布进行选举,我们又沉浸在怀疑之中。当我们看到阴沉的人群,与德布雷①、马尔罗——他的被损毁的外貌也不再能掩饰奴颜婢膝——和其他人怀着一种矫揉造作和令人感到凄凉的兄弟之情,臂挽臂地在香榭丽舍大街上前进的时候,就知道一切都要完了。不再可能不知道存在着两个世界和必须选择。选举,这不是选择,这是重新把显贵送到合适的位置上去。无论如何,有一半年轻人不到二十一岁,他们不能投票。在中学里,在工厂里,法国总工会和左翼政党在要求恢复工作。我们认为他们的发言人用假冒农民的缓慢或生硬的辞令把我们蒙骗够了。他们赢得了"当局事实上的盟友"和斯大林主义的叛徒的声誉,其中的某个男人或女人,在劳动场所会变成几年里都一蹶不振的形象、一切攻击的目标。

考试在进行,火车在行驶,汽油重新流动,我们可以去度假了。七月初,从一个火车站乘公共汽车穿越巴黎到另一个火车站去的外省人,感觉到脚下的铺路石恢复了原位,似乎什么事情也没有发生。在他们过了几个星期回来的时候,他们看到一条不再使他们摇晃的、平整宽阔的柏油马路,不禁寻思无数吨的铺路石都放到哪里去了。看来在这两个月里发生的事情比十年里还要多,可是我们没有时间来做任何事情。我们在一个时候没有赶上

---

① 米歇尔·德布雷(1912—1996),法国政治家、总理(1959—1962)、外交部长(1968—1969)和国防部部长(1969—1973)。

某种事情,然而不知道是什么——或者我们是听之任之了。

人人都开始相信有一个剧烈动荡的未来,这是几个月、最多一年的问题。秋天会很热闹,接着是春天(直到人们不再去想这件事情,以及后来发现一件旧的牛仔裤的时候我们就说"它造成了一九六八年的五月风暴")。"一个新的五月",对一些人来说是希望,他们为它的回归和达到另一个社会而努力;对另一些人来说是困扰,他们拼尽全力反对它的回归,把加布里也尔·吕西埃①投入监狱,怀疑每个留长发的青年都是"左派分子",欢呼暴力破坏惩治法并且谴责一切。在所有的劳动场所,人们分成两类,五月的罢工者和非罢工者,对彼此同样排斥。五月变成了把个人分类的方式,当我们遇到某个人的时候就会寻思他在骚乱期间是哪一边的。在这一边或者另一边,都是同样的暴力,没有什么是可以宽恕的。

我们这些为了改变社会而曾经待在统一社会党里的人,发现了托洛茨基分子、一大堆突然公之于世的观点和概念。它们出自无处不在的运动、书刊、哲学家、批评家、社会学家:布尔迪厄②,福柯③,

---

① 吕西埃是法国三十二岁的中学女教师,虽已离婚,但因与十七岁的男学生相恋同居,遭学生家长指控,于 1969 年 9 月 1 日自杀,因事情发生在法国校园"性解放"热潮中,故引起较大反响。
② 皮埃尔·布尔迪厄(1930—2002),法国社会学理论家,法兰西学士院院士,著有《实践理论概要》等。
③ 米歇尔·福柯(1926—1984),法国哲学家,文学批评家,著有《知识考古学》等。

巴尔特①，拉康②，乔姆斯基③，波德里亚尔④，威廉·里奇⑤，伊凡·伊里施⑥，《原样》⑦，结构主义分析，叙述学，生态学。以这种或那种方式，无论是《继承人》还是瑞典人关于性交姿势的小书，一切都朝着一种新的智慧和改变世界的方向前进。我们沉浸在闻所未闻的语言里，不知如何是好，为自己以前没有听到过谈论这一切而感到惊讶。我们在一个月里弥补了几年的时光。我们放心的是重新找到了戴头巾的波伏瓦和萨特，虽然衰老却从来没有这么好斗，即使他们没有任何新东西教给我们也令人激动。不幸的是，安德烈·布勒东在两年前就过早去世了。

在迄今为止我们认为正常的事情当中，没有什么是当然如此的了。家庭，教育，监狱，工作，假期，疯狂，广告，一切现实都要受到检验，包括评论者——被限令要追根究底——所说的话，你为什么这么说？社会不再天真地运转了。买一辆汽车，给一份作业打分，分娩，一切都有了意义。

地球上什么都不应该与我们无关，海洋，阿图瓦布律埃的凶

---

① 罗朗·巴尔特（1915—1980），法国社会学家和文学批评家，著有《写作的零度》和《论拉辛》等。
② 雅克·拉康（1901—1981），法国医生，精神分析学的一个学派的领袖。
③ 艾弗拉姆·诺姆·乔姆斯基（1928—  ），美国语言学教授，著有《生成语法》。
④ 让·波德里亚尔（1929—2007），法国社会学家和哲学家。
⑤ 威廉·里奇（1897—1957），奥地利精神科医生和心理分析学家。
⑥ 伊凡·伊里施（1926—2002），奥地利教育社会学家，著有《非学校化社会》（1974）。
⑦ 法国作家菲利普·索莱尔斯（1936—2023）在1960年创办的杂志，宗旨是文学先于一切，用文学作品来表现世界的本来面目。

杀案①，我们支持一切斗争，阿连德②的智利和古巴、越南、捷克斯洛伐克。我们评价各种制度，寻找一些典范。我们对世界进行普遍的政治阅读，主要的词语就是"解放"。

每个人，只要他代表着一个集团、一种身份、一种不公正的行为，无论是否知识分子，都可以说话和被倾听。有过某种作为女人、同性恋者、阶级的叛徒、在押犯、农民、矿工的经历，就给予了说"我"的权利。存在着一种用集体的词语来进行思考的狂热。从妓女、从罢工的劳动者之中自发地产生了一些代言人。夏尔·皮亚杰是里普手表公司③的工人，却比哲学课上听腻了名字的同名心理学家还要有名。（我们不知道有朝一日他们两人无论是谁，都只会使我们想起理发店里杂志上的一个阔绰的珠宝商。）

小伙子和姑娘们现在到处都在一起了，取消了颁奖，不用再考试和穿罩衫，从 A 到 E 的字母代替了分数。同学们在院子里拥抱和抽烟，大声评论着作文的题目是愚蠢的还是棒极了。

---

① 1972 年 4 月 6 日，在法国阿图瓦布律埃发现了一具尸体，由于疑似凶手属于资产阶级，使这桩刑事案件变成了社会骚动。
② 阿连德（1908—1973），1970 年任智利总统，是拉丁美洲民主国家中第一位被选为总统的马克思主义者。
③ 里普是名牌手表，老板放弃公司后，工人们为了保住自己的名牌产品而继续生产。夏尔·皮亚杰就是该公司在法国 1968 年五月风暴期间工人运动的领袖。

我们实验着结构主义的语法,各种语义场和同位性,弗雷内①教学法。我们抛弃了高乃依和布瓦洛②,转向鲍里斯·维昂③,尤内斯库④,博比·拉布安特⑤和科莱特·马妮⑥的歌曲,《飞行员》⑦和连环画。我们叫人写一部小说,一篇日记,从同学们的敌意中获取素材,一九六八年他们躲在教授和父母的客厅里,父母大叫大嚷地坚持要增加额外的负担,要他们读《讨人喜欢的人》⑧和《世纪的孩子们》⑨。

在两个小时关于毒品、污染或种族主义的讨论之后,我们处在一种醉醺醺的状态之中,在内心深处怀疑没有教给学生任何东西,我们是否正在自行车旁边踩踏板,但无论如何学校是有点儿用处的。我们没完没了地从一个疑问转到另一个疑问。

思考,说话,写作,工作,不一样的存在:我们觉得什么都尝试一下不会有任何损失。

一九六八是世界的第一个年头。

---

① 塞勒斯坦·弗雷内(1896—1966),法国教育家。
② 尼古拉·布瓦洛·戴普雷奥(1636—1711),法国诗人,古典主义文艺理论家。
③ 鲍里斯·维昂(1920—1959),法国作家,他的小说《岁月的泡沫》等带有超现实主义的色彩。
④ 欧仁·尤内斯库(1912—1994),原籍罗马尼亚的法国荒诞派剧作家,代表作是《秃头歌女》(1950)。
⑤ 法国南部的老歌手。
⑥ 科莱特·马妮(1926—1997),法国女歌手。
⑦ 法国漫画周刊(1959—1989),目标读者为年轻人。
⑧ 美国小说家塞林格的名作《麦田里的守望者》的法译名。
⑨ 法国女小说家克里斯蒂亚娜·罗什福尔(1917—1998)的作品。

十一月的一个早晨获悉戴高乐将军去世,有一阵令人难以置信——因为他在我们看来是不朽的——然后我们发觉在一年半里已经把他遗忘到何等程度了。他的去世结束了五月之前的时代,我们生活中的一些遥远的年头。

然而在后来的日子里,学校的铃声,阿尔贝·西蒙和太阳夫人在欧洲一台上的声音,星期六的牛排加炸薯条,晚上的《小丑吉里》①和阿尼克·博尚的《给妇女们的一分钟》,始终觉察不到有什么变化。为了弄清楚起见,也许应该停止片刻,例如在大学生皮埃尔·奥弗内在雷诺汽车公司里被一个保安杀死以后,同学们全都在中学的院子里顶着太阳席地而坐,我们相信只有在他们形成的这种画面之前的片刻,才尝到了特殊的滋味,一个三月份的下午的滋味,当身后的时间变成历史的时候,它就将成为第一次静坐抗议的画面。

昨天的各种羞耻感不再流行。犯罪感受到嘲笑,我们全都是犹太傻瓜,性无能被揭露,性快感缺失是奇耻大辱。《父母》杂志教导性欲冷淡的妇女们对着一面镜子刺激自己叉开的双腿。在一张在中学里分发的传单上,卡庞蒂埃医生劝说学生以手淫来排遣课余的烦闷。成人和孩子之间的爱抚被宣告无罪。从前被禁止的一切,卑鄙得难以形容的罪行都受到鼓励。我们习惯了在屏幕上看到性器官,不过在马尔隆·布朗多鸡奸玛利亚·施内德的时候,我们因担心露出兴奋的样子而屏住了呼吸。为了得到改进,我们买来瑞典的小红书,配有一些显示各种可能

---

① 法国系列电视动画节目。

的姿势的照片,我们去看《肉体爱情技巧》,考虑三个人一起做爱。可是白费力气,我们做不出昨天被视为有伤风化的事情:在自己的孩子们面前赤身裸体。

关于快感的言论胜过一切。应该在读书、写作、洗澡、大便的同时感受到性的快乐。这是人类一切活动的最终目的。

我们回过来谈妇女的历史,意识到我们没有性自由、创造自由、男人拥有的一切。加布里也尔·吕西埃的自杀使我们惶惑不安,就像一位陌生的姐妹自杀一样,我们还对蓬皮杜①的狡猾感到愤怒,他为了避免说出对骚乱的看法而引用了艾吕雅的一句谁都不明白的诗。妇女解放运动的风声传到了外省。《家庭暴力》②出现在报亭里,我们怀着由于在一本书里发现自己的一种真相而产生的既兴奋而又无能为力的感觉,阅读杰曼·格里尔③的《女宦官》,凯特·米勒特④的《男性的政治》,苏珊娜·奥莱尔⑤的《被窒息的创作》和让娜·索凯⑥的作品。从夫妇的麻木中清醒过来,在《一个没有男人的女人是一条没有自行车的鱼》的招贴画下面席地而坐,重新回想我们的生活,感到能够离开丈夫和孩子,摆脱一切并且写作一些露骨的东西。回到家里,决心逐渐冷却,犯罪感油然而生。我们不再看到为了解放自

---

① 乔治·蓬皮杜(1911—1974),法国总统(1969—1974)。
② 妇女解放运动创办的杂志(1971—1973)。
③ 杰曼·格里尔(1939—  ),澳洲作家及记者,著名的女性主义者。
④ 凯特·米勒特(1934—2017),美国女作家与女性主义者,被视为女性解放运动理论研究的领袖。
⑤ 苏珊娜·奥莱尔,法国女作家,编有《法国新女性主义文选》(1980)。
⑥ 让娜·索凯(1928—2005),法国女画家。

己能做些什么——也看不到为什么要这样做。我们坚信自己的男人不是一个男尊女卑论者或大男子主义者。我们也在各种说法——宣扬男女之间权利平等和抨击"父权制";偏爱看重女性的一切,月经、哺乳和准备韭葱浓汤——之间犹豫不决。但是我们第一次把自己的生活描绘成一种向着自由前进的样子,这就已经大有改变了。一种女人的、生来处于劣势的感觉正在消失。

我们记不清是哪一天和哪一个月了——不过是在春天——只记得我们从头至尾读过了三百四十三个女人的名字——她们是如此众多,而我们却是如此孤独,只有探针和喷在床单上的血迹——她们在《新观察家》上宣布进行了非法堕胎。尽管不受欢迎,我们还是赞同那些要求废除一九二〇年法令和自由进行临床堕胎的人。我们在中学的复印机上印传单,在夜色降临时分发到信箱里去,我们去看《A. 的故事》①,悄悄地把一些孕妇引到一间套房里去,有一些参加抗争的医生免费为她们吸掉不想要的胎儿。一只用来消毒器材的可米压力锅和一台倒置的自行车打气筒就够了:卡尔曼医生使私下替人堕胎的接生婆们的做法变得简单和安全。我们提供一些伦敦和阿姆斯特丹的地址。这种秘密性令人激动,似乎恢复了与抵抗运动的联系,接替了阿尔及利亚战争时期那些"拎手提箱的人"②。博比尼③诉讼案结束的时候,曾为贾米拉·布帕夏辩护、在记者的闪光灯下如

---

① 1973 年的电影纪录片,旨在争取堕胎和节育合法化的权利。
② 阿战时期为民族解放阵线战士收集、提供资金与假证件的人。
③ 1972 年 10 月在博比尼审理的关于堕胎的案件。五名被告中有一人被强奸后堕胎,另外四人由母亲帮助堕胎。该案引起强烈反响。

此美丽的女律师吉塞尔·哈里密，代表着这种连续性——正如"让他们活着"的拥护者和为了吓唬人们而在电视上展示胎儿的拉惹纳教授，代表着与维希政府的连续性一样。一个星期六的下午，上千人在太阳下面打着横幅缓缓行进，全都抬起眼睛望着多菲内蔚蓝的天空，我们意识到这是几千年以来我们第一次阻止了妇女们因非法堕胎而死亡。因而有谁能够忘记我们。

按照年龄、职业和社会阶层的差别，根据个人的兴趣和犯过的罪行，我们适应着革命的节奏，不由自主地遵循着寻欢作乐、快感和智者的命令：不要像白痴那样死去。一些人吸食大麻，共同生活，像雷诺汽车公司的工人那样定居下来，到加德满都去；另一些人到泰拜尔盖①去过一个星期，阅读《查理周刊》《冰冷的液体》《大草原的回声》《唐可那拉桑特》《吼叫的金属》《张开的嘴巴》②，把鲜花贴在他们汽车的车门上，把切·格瓦拉和被凝固汽油弹烧死的小女孩的红色招贴画贴在自己的房间里，穿着毛式服装或南美牧人的毯式披风，开始带着几个垫子在地上生活，点燃一些香棒，购买一些媚力施集团③的产品，去看大魔术马戏团，《巴黎最后的探戈》④《艾曼纽》⑤，收拾阿尔代什⑥的农场，由于黄油里的农药而订阅《五千万消费者》，不再戴乳罩，

---

① 突尼斯地名。
② 这些都是讽刺性的滑稽杂志。
③ 莫里斯·梅塞格于1921年创办的家居用品集团。
④ 法国和意大利在1972年合拍的影片。
⑤ 1974年拍摄的法语情色影片。
⑥ 法国省名。

把《他》杂志丢在桌子上让孩子们去摆弄,要求他们像同伴那样称呼自己的名字。

我们在时空中、印度和塞文山脉①、异国情调与乡土气息中寻找典范。有一种对纯洁的渴望。

由于不能放弃一切,工作和住房,到乡村去定居,这个计划一再推迟,但我们肯定有朝一日总是会实现的,在没有做到这一点之前,最渴望复生的人力图到孤立在不毛之地上的村庄里去度假,对把人晒成古铜色白痴的海滩、因工业的发展变得枯燥乏味和"面目全非"的外省故乡不屑一顾。相反,他们认为那些几个世纪以来模样都不曾改变的干旱地带的贫困农民保留了本真。那些想创造历史的人觉得没有比它随着四季轮回与不变姿态而逐渐消散更迷人的事了——他们还用一口面包向这些农民购买一间旧木棚。

或者他们到东方国家去度假。在坑坑洼洼的人行道之间的灰色街道上,在产品贫乏和商品都没有商标、包装在粗劣纸张里的国营商店面前,晚上被照亮的房间的天花板上吊着裸露的灯泡,他们觉得是在战后年代里毫无生气、什么都缺的缓慢世界里行走。这是一种温存的和说不出的感觉。然而他们永远也不想在那里生活。他们带回来一些绣花的罩衫和茴香酒。他们希望世界上永远剩下一些不发达的国家,能把他们带回去。

---

① 法国山名。

一九七〇年代初，在夏天的傍晚，在干旱土地上百里香的气味中，坐在农场里用将近一千法郎从一个旧货商那里买来的大桌子、烤肉串和一道尼斯焖菜①——应该想到素食主义者——周围的宾客们，他们相互之间还不认识：正在收拾旁边那间房子的巴黎人，徒步旅行的年轻路人，爱好出游和帛画的人，带或不带孩子的夫妇，毛发乱蓬蓬的男子，模样粗野的少女，穿着印度长袍的成年女子，在尽管一上来就以你相称但有所保留的开场白之后，谈话就进入了食品的色素和激素，性学和"感知身体锻炼法"，梅齐埃尔法，罗杰法②，瑜伽，弗雷德里克·勒博耶③的无痛分娩，顺势疗法和大豆，工人自治和里普手表公司，勒内·杜蒙④。大家相互询问是把孩子送到学校还是自己教育他们更好一些，用阿亚克斯牌清洁剂来擦洗是否有毒，练瑜伽有什么益处，一种集体的心理疗法如何，每天只工作两个小时是不是空想，女人是否应该要求与男人平等或者是有差别的平等。我们列数着饮食，生育，培养孩子，照料自己，教育，与自己、他人和大自然都处于和谐状态，并且摆脱社会的种种最好的方式。表现自己的方式有：家用器皿、编织、吉他、首饰、戏剧、写作。浮现着一种无边无际而又模糊的创造欲。人人都倚仗一种艺术活动或

---

① 法国尼斯用橄榄油、甜椒、番茄和茄子等烧成的菜。
② 梅齐埃尔法、罗杰法是两种与过去军训式的强烈运动相对立的柔和的锻炼方式。
③ 弗雷德里克·勒博耶（1921—1986），法国产科医生，"无蛮力分娩法"的发明者。
④ 勒内·杜蒙是著名的农学家，曾预言当代的生态危机。

者打算拥有它。以这种或那种方式,按照规矩,所有的方式都是有价值的,如果不去绘画或者吹横笛,也还有可能在进行一次精神分析的时候创造自我。

当孩子们全都一起躺在同一间卧室里,不顾为了做做样子而大声宣布的不许"争吵"的命令,开心地做着各种傻事的时候,我们喝着旁边农民——只是被邀请来喝开胃酒——的烧酒,话题逐渐转向胡思乱想的关于性的一切疑问:我们是异性恋者还是同性恋者,爱情的表白,第一次性欲高潮。野姑娘宣布"我喜欢拉屎"。在这个夏天的晚上和一些无关的人相处,远离家庭的饭菜和我们讨厌的规矩,这使我们兴奋地感到丰富多彩的世界就展现在面前。我们觉得自己又变成了青少年。

谁都不想提到战争,奥斯维辛和集中营,以及已经结束的阿尔及利亚的骚乱,只是谈谈广岛,核武器的未来。岩地灌木在夜晚散发的气息仿佛带来了乡野的呼吸,在这世世代代的农村乡里与一九七三年八月的此刻之间,什么也没有发生。

有个人奏起了吉他,唱着马克西姆·勒-福雷斯蒂尔①的《像山谷里的一棵树》和基拉帕雍②的《睡吧,宝贝》——我们垂下眼睛听着。我们要去胡乱地睡在废弃养蚕场里的行军床上,不知道是和右面还是左面的邻居做爱,还是什么都不做更好一

---

① 马克西姆·勒-福雷斯蒂尔(1949— ),法国民谣大师。是一个主张人道主义与社会关怀的歌手。
② 智利著名音乐团体,他们的成员穿着劳动者的斗篷,用排箫、竹笛、响器来演奏音乐。

些。在做出决定之前,我们已沉沉睡去,沉浸在我们整晚为自己呈现的生活图景的价值所带来的欣慰与舒适中——远离那些在梅兰普拉热①的野营地里堆在一起的无聊透顶的人。

现在社会有了一个名称,叫做"消费社会"。这是一个不争的事实,不论我们为之庆幸还是哀叹,这是既成的事实。直线上升的石油价格一时间令人汗颜。空气也要花钱,对于满意的物品与财富则果断地占为己有。我们买了一台双门冰箱,一辆轻快的R5汽车,在弗莱纳②的宾馆俱乐部住上一个星期,在格朗莫特③有一个单间公寓。我们换了电视。彩色屏幕上的世界更美了,里面的一切都更加令人向往。黑白照片与日常世界——前者是它严肃的、几乎是悲惨的底片——建立的距离在渐渐消失。

广告显示应该如何生活和行事、配置家具,它是社会的文化教辅导员。孩子们要喝有果香味的依云矿泉水,"这更有活力",卡德布里牌饼干,《小丑吉里》,一用来听歌曲《猫儿历险记》④和《教士的女仆》⑤的便携式自动电唱机,一辆遥控玩具汽车和一个芭比娃娃。父母们希望给了他们这一切,他们以后就不会去吸印度大麻了。我们没有上当,和同学们一起严肃地观

---

① 法国南部濒临大西洋的城市,曾多次作为环法自行车赛的出发或路经的地点。
② 法国萨瓦省的冬季运动场所。
③ 地中海边的海水浴疗养地。
④ 法国歌星亨利·萨尔瓦多(1917—2008)在1971年由迪士尼资助发行的歌曲。
⑤ 比利时女歌星安妮·科尔迪(1928— )在1974年录制的歌曲。

察着广告的危险,给出一个关于《幸福是否在于拥有物品?》的题目,在文体用品连锁店里,我们买了一台高保真组合音响,一台根德①收录机,一台超八毫米贝尔②摄像机,感觉自己将现代的好处用在了满足精神需要上。轮到我们为自己购买的时候,消费就纯洁了。

五月的一切理想都在转变成物品和消遣。

在投影仪(放映机)的嗡嗡声中,在起居室里展开的屏幕上,我们第一次看到自己走路,动着嘴唇,无声地笑着时颇为狼狈。我们对自己、对自己的动作感到吃惊。这是一种新的感觉,大概类似于十七世纪的人在镜子里看到自己的感觉,或者曾祖父母在看他们第一张照片上的肖像时的感觉。我们不敢露出一点惶惑,宁可看着别人,父母、朋友,我们已经觉得他们更加适合上屏幕了。在录音机上听到自己的声音更加可怕。我们永远也忘不了别人听着的这种声音。我们更加了解了自己,然而却不再无忧无虑了。

在穿着——穿一件大圆领背心和木屐、喇叭裤,阅读(《新观察家》),发怒(反对核武器,向海里倒去污剂),容忍(嬉皮士)——的方式上,我们感到适应了这个时代——由此我们确信在任何情况下都是有理的。父母和五十岁以上的人属于另一个时代,也包括他们想理解年轻人的要求。我们把他们的意见

---

① 德国电子公司。
② 创立于1907年的美国电影设备公司。

和建议当成纯粹的新闻。而我们是不会衰老的。

　　影片的第一个画面显示出一扇微微打开的——是夜里——正门,重新关上后又打开了。一个小男孩窜了出来,停住了,犹豫不决,橙黄色的罩衫,护耳搭在耳朵上的鸭舌帽,眨着眼睛。接着另一个更小的男孩,连脑袋带身子裹在一件有白色皮里子的、带风雪帽的蓝色滑雪运动衫里。大的那个躁动不安,小的那个一直在发愣,两眼呆滞,似乎影片停止了一样。现在一个女人进来了,穿着一件栗色的紧腰长大衣,风帽遮住了头部。她怀里抱着两个叠在一起的纸板盒,上面露出了一些食品。她用肩膀把门推开。她走出了画面,重新出现时纸盒没有了,正在脱下她的大衣挂在被称为"鹦鹉"的衣帽架上,带着一丝转瞬即逝的微笑转向摄像机,垂下被镁光灯的强光耀花的眼睛。她有点消瘦,略微化了妆,栗色的卡挺牌长裤,紧身的,没有开裆,带黄色和栗色条纹的羊毛套衫。半长的褐发用一个发卡束了起来。表情里有点苦行和忧伤——或者幻灭——的味道,微笑来得太慢而显得不自然。动作流露出粗暴或(和)神经质。孩子们又在那里了,站在她的面前。三个人都不知道做什么,晃动着手臂和两腿,在已经习惯了的强光里聚在摄像机面前注视着。看得清楚他们一言不发。可以说他们是在为了拍一张总也照不完的照片在摆姿势。大男孩举起了手臂在行一个滑稽的军礼,嘴唇做出怪样子,闭着眼皮。摄像机跳到一些具有审美和商品价值的、明确地表现出一种资产阶级趣味的装饰品上:一只保险箱,一只乳白玻璃的吊灯。
　　当她领着放学的孩子购物回来的时候,是他,她的丈夫,拍摄了这些画面。胶卷标签上的题目是家庭生活,一九七二——一九七三年。总是由他来拍摄的。

按照女性杂志的标准,她在外表上属于把工作与生育协调一致、关注保持女人味、打扮时尚的三十岁开外的职业妇女的范畴。列举她在一天之内常去的地方(中学,家乐福,肉店,蒸汽熨衣铺,等等),她在一辆迷你奥斯汀上的行程,在儿科医生、长子的柔道课和次子的陶艺课、邮局之间,计算每一件事情所费的时间,上课和批改作业,准备早餐,孩子们的衣服,要洗的衣服,午饭,购物,除了面包——他下班时带回来——会得出如下的结果:

家里家外的时间分配看起来是不平均的,领工资的工作占(2/3),包括教育在内的家务占(1/3)

**各种事情极为杂乱**

**频繁出入购物地点**

**几乎完全没有消停的时间**

这种计算不足以解释她新的精神状态。她不去计算,只是为迅速完成了这些既不要求发明又不要求变革的事情而感到一种自豪。

她感到自己的职业就像是连续不断的缺陷和欺骗,她在日记里写道:"成为教师使我心碎"。她精力充沛,充满学习和尝试做新奇事情的欲望,回想着她在二十二岁时写过的话:"如果我在二十五岁时没有履行我要写一部小说的诺言,我就自杀。"那个她因自己已过上过于安稳的生活而感觉搞砸的六八年五月,从多大程度上来说是萦绕着她的"我过另一种生活会更幸福吗?"这个问题的根源呢?

她开始置身于夫妇和家庭之外进行思考。

她的大学时代对于她不再是怀旧的目标。她把它们看成是精神上资产阶级化的时代,与她原来的世界决裂的时代。她的记忆从浪漫变成了批判。她眼前常常浮现出童年时的一些场面,她的母亲向她吼叫以后你会朝我们脸上吐唾沫,男孩子们做完弥撒就转向伟士牌摩托车,而她则带着在寄宿学校花园里的照片上那样不变的卷发,铺着一块油腻腻的、她的父亲"做点心"——词汇也像一种被遗忘的语言那样重现在记忆里——的漆布的桌子上的作业,她的读物,《悄悄话》和戴利①的作品,玛丽亚诺的歌曲,对她在学校里获得的优异奖和社会地位低下——这在照片上是看不到的——的回忆,她当做耻辱的事情来埋葬的、变得值得重新找到、在智慧的光芒下展现出来的一切。随着她记忆中屈辱感的消退,未来又成了可供施展身手的天地。为妇女堕胎的权利进行斗争,反对社会的不公和理解她是怎样成为这个女人,对于她来说是一回事。

在对刚刚逝去的岁月的回忆中,没有任何她认为是幸福的画面:

一九六九至一九七〇年之间的冬天是黑白的,铅灰色的天空,漫天大雪直到四月份还贴在用灰色石板铺成的人行道上,她在走路时故意寻找它们用靴子踩碎,以此来摧毁这个没完没了的冬

---

① 戴利是残疾作家弗雷德里克·佩蒂让·德·拉罗齐埃(1876—1949)和他的姐姐让娜·玛丽(1875—1947)的笔名,他们合作了一百多部言情小说,在法国内外广为流行。他们去世后没有继承人,立下遗嘱将财产捐给文学家协会,设立"戴利基金"资助年老多病的作家。

天,它也是与伊泽尔省的圣洛朗迪蓬舞厅里的火灾①联系在一起的,尽管失火是下一个冬季才会发生的

在圣保罗德旺斯的广场上,身穿玫瑰色衬衫玩滚球游戏的伊夫·蒙当②有点发福,每扔完一个球他都带着心满意足的自得神情,注视着聚集在远处栅栏后面的游客,也就在这个夏天加布里也尔·吕西埃在监狱里,并且在回到她的公寓后就自杀了

圣奥诺雷浴场的温泉广场,孩子们漂浮机械小船的池塘,她和他们住过三个星期的"公园"旅馆,后来与罗贝尔·潘热③的作品《某人》里的寄宿学校混淆在一起了。

在难以忍受的记忆中,有她父亲垂死时的画面,尸体上穿着只在她的婚礼上穿过一次的服装,装在一个塑料包里从楼上的卧室,经由狭窄得难以通过一口棺材的楼梯上抬下来到底楼。

政治事件只是以细节的形式存在:在电视上,在总统大选期间,出现了孟戴斯·弗朗斯和德费尔这对令人张目结舌的组合,她当时想"可是皮埃尔-孟戴斯·弗朗斯为什么没有独自出现"。当阿兰·波赫尔④在第二轮选举之前的最后一次演说中,搔着自己鼻子的时候,她感到由于这个面对全体观众的动作,他会被蓬皮杜击败。

---

① 1970年11月,在戴高乐去世前十天发生的火灾,死亡一百四十六人。
② 伊夫·蒙当(1921—1992),法国演员,拍摄了一些有左倾思想的影片。
③ 罗贝尔·潘热(1920—1997),法国小说家、剧作家,《某人》发表于1965年。
④ 阿兰·波赫尔(1909—1996),法国政治家,长期担任参议院议长。

她没有感觉到自己的年龄。当然有着少妇面对年龄更大的女人时的一种高傲,对于已经绝经的妇女有一种优越感。她成为她们中的一员是极不可能的。一种说她将在五十二岁时死去的预言并未使她激动,她觉得在这个年龄死去是可以接受的。

我们预告这个春天会很热,接着秋天也是如此。它们并未如此。

中学生行动委员会,自治论者,环保主义者,反核武器的人,拒服兵役者,女权主义者,同性恋者,形形色色的事业都在大行其道,它们相互之间并不一致。在世界的其他地方也许有着太多的动乱,从捷克斯洛伐克到没完没了的越南,慕尼黑奥林匹克运动会上的谋杀,希腊一个接一个的专制政府。马尔瑟兰①当局冷静地镇压了"左派行动"。我们以为只是患有痔疮的蓬皮杜突然去世了。在教师会议厅里,工会的布告又开始宣布关于"我们劳动条件的恶化"而举行的多少人罢工将使"当局让步"。对未来的想象仅限于九月份一开学就把放假的日期在记事本上圈起来。

阅读《查理周刊》和《解放报》②维持着我们属于一个有革命权力的团体的信仰,并且无论如何都在为一个新的五月的到

---

① 当时的内政部长、警察首脑,以残酷镇压示威游行而著称。
② 萨特和1968年五月风暴中的一些左翼激进分子在1973年创办的报纸。

来而努力。

索尔仁尼琴带来的《古拉格群岛》,像启示一样受到欢迎,散布着混乱并使十月革命的前景为之暗淡。广告上有一个笑得令人讨厌的家伙,眼睛直勾勾地向路人说着:我关心你们的金钱。我们最终信赖左翼联盟及其共同纲领,毕竟是某种迄今为止从未见过的东西。在一九七三年九月十一日——在阿连德被杀害之后,我们在阳光下参与反对皮诺切特的示威游行,而右派则因看到"可悲的智利经验"的结束而狂喜,——与一九七四年春天之间,我们坐在电视面前看着作为重要事件介绍的、密特朗与吉斯卡尔面对面的辩论——我们不再相信会有一个新的五月。在随后的春天,三月或四月的绵绵细雨里,一天晚上,在班级委员会①会议结束的时候,我们会感到可能会发生什么事情,同时又觉得那是一种幻觉。在巴黎或者布拉格,春天再没有发生任何事情。

我们从此以后随着吉斯卡尔·德斯坦生活在"先进的自由主义社会"里。没有什么是政治的或社会的,而只是现代的或非现代的。一切都与现代性有关。人们把自由与自由主义混为一谈,认为这样命名的社会就是允许拥有最多的权利和物品的社会。

我们并未感到特别烦闷。尽管我们在选举当晚听到吉斯卡

---

① 法国中学里由教师、家长和学生代表组成的委员会,每学期末举行一次会议。

尔像鸡屁股般凸起的嘴巴里放出一连串屁那样，说出"我向我的对手致敬"这句话后就立刻把电视的按钮转了过去——我们曾被十八岁时的投票、双方同意的离婚、关于堕胎法的辩论所激动，在看到西蒙娜·韦伊①在议会里反对自己阵营里的狂暴男人、独自为自己辩护时几乎号啕大哭，并且把韦伊放在我们的先贤祠里的另一个西蒙娜·德·波伏瓦的旁边——她第一次出现在电视上的一次记者访谈中，包着头巾，染着红指甲，像那种会预测未来的人，使我们感到痛心，但为时已晚，她是不应该这样的——现在当我们有时在课堂上引用到这位女哲学家，而同学们把她与另一位混为一谈的时候我们也不再生气了。在这个很久都没见过的、没有下过一滴雨的炎炎盛夏里，这位优雅的总统拒绝特赦被判处死刑的拉努西②，我们最终还是与他决裂了。

时尚在"眨眼"之间就轻快地流传开来，道义上的愤慨不再适用了。我们在电影院里好玩地读着《吮吸女郎》和《潮湿的小短裤》的布告，从不错过让-路易·博里③主持《疯女》的任何一次露面。从前《修女》的被禁似乎不可思议。然而很难承认《跳

---

① 西蒙娜·韦伊（1909—1943），法国作家，她出身富裕家庭，但自愿到工厂里从事繁重的体力劳动，因积劳成疾而过早去世，在当时的法国产生了很大的影响。遗作有《工人的状况》（1951）。
② 克里斯蒂安·拉努西（1954—1976），法国青年，因杀害一个小女孩而被判处死刑，他是德斯坦就任总统后第一个被执行绞刑的人，因此引发了关于是否取消死刑的大辩论。
③ 让-路易·博里（1919—1979），法国小说家、批评家、历史学家，1945年以小说《德寇铁蹄下的故乡》获龚古尔文学奖。他也是当时著名的同性恋者，他主持的《疯女》就是表现男同性恋者像女人那样恋爱的电视节目。

华尔兹舞的女人》里帕特里克·德瓦埃尔①代替婴儿吸一个女人的奶的场面使我们多么心烦意乱。

我们逐渐戒掉流行的道德词语,改用其他以快乐的标准来衡量行动、行为和感情的词语:"失落"和"满足"。在世界上新的生存方式是"休闲",舒适随意,是自信和对他人冷漠的混合。

人们从未像现在这样向往乡村,远离"污染""乘地铁、工作、睡觉"的单调生活、"集中营"般的郊区及其"小流氓"。可是他们继续涌向大城市,根据选择的可能性住在"优先城市化地区"或者"独立房屋小区"。

我们还不到三十五岁,"谋得一份工作"、就在那个外省的普通城市里衰老和死去的想法令人伤感,难道我们就不能生活在这喧嚣躁动、纷繁忙碌的巴黎?当第戎②的火车一下子飞速奔驰得像疯子那样行驶到里昂车站——巴黎地区——的灰色城墙都不停下来的时候,我们已经感觉到这种渴望。这是一种成功生活的不可避免的演变,朝现代性的彻底飞升。

圣热纳维也弗德布瓦,维勒达弗雷,乞力马扎罗,小克拉马尔,维利耶勒贝尔③,这些名字——动听而且有历史性,令人想起一部影片,《刺杀戴高乐》,或者什么也不会想起——我们无

---

① 帕特里克·德瓦埃尔(1947—1982),法国演员。
② 法国中部城市。
③ 这些名字均为法国市镇名,位于法兰西岛,即下文所说的"迷人的圈子"。

法在地图上找到它们的位置,仅仅知道它们位于那个迷人的圈子里,无论从那个圈子上的哪个点出发都能到达拉丁区,像勒吉亚尼①那样在圣日耳曼喝上一杯奶油咖啡。应该准确地避开萨尔塞勒、拉库尔诺弗和圣德尼,"外国人"在它们的"居民点"里的比例极高,其中的"罪恶"甚至被写进了学校的教科书。

我们出发了。在一个周长四十公里的新城市里安顿下来。一块正在完工的土地上的一所简易房,这里装饰得像一个度假村,有一些以鲜花命名的街道。砰砰作响的门发出一种度假小屋的声音。那是一个幽静的地方,袒露在法兰西岛的天空下,在一块被一排高压线铁塔穿越的田野边上。

远处有一些草地,玻璃幕墙的大楼和一些行政部门的建筑群,一块供行人通过的石板地,另外一些地块由车道上方的天桥相连。无法想象这座城市的边界。我们觉得飘浮在一个过于巨大的空间里,生活就融化在其中。在那里散步是没有方向的,必要时穿着厚运动衫奔跑,根本不用看自己的周围。我们身上还保留着旧城里有些汽车的街道、人行道上的行人的烙印。

从外省迁移到巴黎地区,时间变得越来越快。对时间的感觉不一样了。天已傍晚,我们觉得除了在令人烦躁的教室里模模糊糊地上课之外什么都没干。

住在巴黎地区,意味着:
被扔到了一块不再有地理可言的土地上,因它已被那些只能驾

---

① 西蒙·勒吉亚尼(1961— ),法国导演和演员。

车通行的道路网弄得混乱不堪

无法摆脱这样的景象,争奇斗艳的商品堆积在一些荒地上,或者放在沿着道路杂乱排列的仓库里,招牌都是大而无当,"万家家居""世界地毯""皮件中心",突然使电台上的商业广告有了一种奇特的现实性,当然要来圣马克卢①

意味着在我们看到的东西里是不可能找到一种恰如其分的秩序的。

我们被迁移到另一个时空、另一个世界里,很可能是未来的世界。所以它是如此难以确定,我们只能在那些永远不会认识的人和那些滑板当中,穿过蓝色塔楼脚下的步道时才能体验得到。我们意识到这里有几千人,到拉德芳斯为止有数百万人,我们从来没有想到过别人。

此刻的巴黎没有现实性。我们已厌倦了在星期三和星期天带着孩子们过去,让他们看埃菲尔铁塔和格雷万蜡像馆,坐在游览船上看塞纳河。我们在孩提时代魂牵梦绕的历史遗迹,在公路的指示牌上发现是如此之近,凡尔赛,尚蒂伊,不再引起我们的欲望了。星期天下午,我们待在家里看《小告密者》②和干点零活。

我们去得最多的地方,是巨大而封闭的贸易中心,分为三层,温度适宜,尽管人多却没有噪音。在玻璃天棚下面有一些喷

---

① 法国大型建材用品商店。
② 1975年1月至1976年6月法国电视一台播送的讽刺节目。

泉和长凳,被柔和的光线照亮的走廊与橱窗里冷冰冰的照明、所有挨在一起的商店的内部形成了对比。我们在这里可以自由地进出,没有要推开的门,也不用说您好和再见。衣服和食品从来没有显得这么漂亮过——可以毫不费事地直接接触。商店的昵称,"旧衣店""贺卡店""牛仔裤店",赋予了乱翻的行为一种孩子气的不假思索,这样随便我们也就感觉不到自己的年龄了。

我也不再是那个去单一价超市或者新百货商店去购物的我了。从达尔蒂电气商店到"一号码头"家具店购买的欲望向我们扑来,似买一只华夫饼机和一盏日本台灯会使我们变成不同的人,跟我们在十五岁时希望通过认识时髦的词汇和摇滚乐来转变自己别无二致。

我们滑进了一种沉闷的现状,却无法说明它是来自于搬迁到一个没有过去的城市,还是来自于一种"先进的自由主义社会"的无限远景,要么是两者偶然的重合。我们去看《越战毛发》。在把影片的主角带向越南的飞机里,去送死的是我们和我们在一九六八年的幻想。

几个星期之后,随着重新开始的环路和停车场的实践,我们不再感到奇怪了。我们吃惊地发现自己被包括在这个巨大而模糊的居民圈里,早晨和晚上从高速公路上升起的不清晰的隆隆声,似乎给我们带来不可见的和强大的现实。我们将发现巴黎,确定各个区和所有街道、地铁站的位置,以及月台上最适合下车和赶上换乘的地方。我们终于敢把汽车一直开到星形广场与协和广场了。在热纳维里埃桥的入口处,面对巴黎突然敞开的辽阔远景，我们感到要为成为这种大规模繁忙生活的一部分而赞美，就像个人得到提升一样。我们不再想回到那些现在被我们不加区分地称为外省的地方去了。而在一天晚上，在巴黎地区布满红蓝色灯光广告的夜里行驶的一列火车里，我们离开了三年的上萨瓦省的城市仿佛位于世界的尽头。

越南战争结束了。自从它开始以来我们经历了那么多的事情，以至于它成了我们生活的一个组成部分。西贡陷落的那一天，我们意识到从未相信过美国人会失败。他们终于为那个凝固汽油弹，为那个在水田里奔跑的小女孩（我们的墙上还装饰着那张海报）付出了代价。我们对事情终于结束感到欢欣和疲惫。应该降低调子了。电视上显示出一些聚集在小船上逃离越南的人群。就在边境附近，红色旅和巴德尔匪帮①劫持老板们和政治家，他们就像无论哪个黑手党人那样被发现死在汽车的后备厢里。寄希望于一次革命变成了可耻的事情，我们也不敢说为在牢房里自杀的乌里克·迈因霍夫感到悲伤了。阿尔都塞②在一个星期天早晨把妻子扼死在床上，他的罪行隐约地显得应该归咎于由他体现的马克思主义，以及一种精神病。

"新哲学家"突然出现在电视舞台上，他们激烈地反对"意

---

① 德国红色旅前身"巴德尔·迈因霍夫帮"的女首领乌里克·迈因霍夫1976年在狱中自杀。
② 路易·阿尔都塞（1918—1990），法国马克思主义理论家，著有文集《保卫马克思》（1965）等，他的理论被称为结构主义的马克思主义。

识形态"，愤慨地把索尔仁尼琴和集中营搬出来说事，要让那些革命的梦想者自觉无容身之地。与据说已年老糊涂并且始终拒绝上电视的萨特不同，与波伏瓦及其机关枪般的口才不同，他们年轻，用人人都可以理解的词汇来"询问"良心，用自己的智慧来使人们放心。他们道义上的愤慨看起来很有趣，然而我们看不出他们想达到什么地步——如果不是阻止投票支持左翼联盟的话。

对于我们而言，在儿童时期被要求行义举来拯救我们的灵魂，在哲学课上实践康德的绝对命令要使你的行为能自称为普遍准则那样去行动，与马克思和萨特去改变世界——我们在一九六八年相信过——那里面没有任何希望。

权威的声音对于郊区和新来的家庭都默不作声，在廉租房内与他们比邻而居的、已经在那里的居民指责他们不像我们这样说话和吃饭。身份模糊、不为众人所知的人们，活在社会为之心醉的幸福的概念之下，偶然因为运气不好而聚在一起的"不被优待"的人，没有别的选择，只能住在"兔笼"里，那里无论如何是谁都不会设想是幸福的。移民所保有的形象，是在马路上一个洞穴深处戴着安全帽挖土的人，以及在挂在搬运车上的垃圾箱里捡破烂的人，是一个纯粹经济学上的存在。在班里关于道德的年度辩论过程中，我的学生们得意扬扬地授予他们这样的形象，他们确信掌握着反对种族主义的最有利的证据：我们需要移民来从事法国人不愿意做的工作。

只有电视上播放出来的事情接近现实。人人都有一台彩色电视机。老人们中午在刚播送节目的时候打开,晚上在测视图固定不变的屏幕面前昏昏欲睡。冬天虔诚的人只要打开《主日》就能在家里做弥撒。家庭主妇来回换台,看一台的连续剧或者二台的《今天夫人》。母亲们抱着在安静地看《星期三的来访者》和《沃特·迪士尼的奇妙世界》的孩子。对于所有的人,电视都是随时可以安排而且并不费钱的消遣,妻子们则可以用《星期天体育》安心地把丈夫拴在身边。它用浮现在主持人(雅克·马丁和斯特凡·科拉罗)微笑和善解人意的面孔上、他们老好人般的脸上(贝纳尔·皮沃,阿兰·德科)的持久和无形的关怀围绕着我们。它越来越把我们聚集在各种相同的好奇心、恐惧和满足里,我们能不能找到杀害小菲利普·贝特朗的卑鄙凶手,寻回恩潘男爵①,追捕梅斯里纳②,霍梅尼教长是否会重新赢得伊朗。它赋予我们引证事件和社会新闻而且不断更新的能力。它提供医学、历史、地理、动物等方面的信息。共同的知识日益扩展,一种令人满意和没有后果的知识,与学校所学的不同,我们只会在谈话时引述它们,前面再加上一句他说的或者他们在电视上放出来的,类似的语句随意选择,用来表明我们与信息来源面对面的距离关系,或是作为真理的证明。

只有老师们指责电视占用了孩子们的读书时间,使他们的想象力变得贫乏。他们对此毫不担心,模仿迪蒂和格罗米内③

---

① 1978年,巴黎富商恩潘男爵被劫为人质,六十三天后获释。
② 雅克·梅斯里纳(1936—1979),法国罪犯,因屡犯重罪而被称为"法国头号公敌",他的经历被改编为影片《头号公敌》。
③ 动画片里的人物,格罗米内是一只黑白相间的猫,它想吃掉金丝雀迪蒂。

大声地唱着《去捡贝壳、贝壳、贝壳》,高兴地重复猛犸踩碎了价格①,老太太粉碎屁,布偶秀和硬汉放冷屁。

随着日子的流逝,世界的各种各样的录像不断地在电视上播出。一种新的记忆正在诞生。从无数潜在的、看到后忘却的、清除了伴随的评论之后的杂乱无章的事物中,浮现出的是那些长篇幅的广告,最生动的或者不厌其烦地使用的形象,荒唐的或者暴力的场面,比如珍·茜宝②和阿尔多·莫罗③被发现重叠着死在同一辆汽车里。

知识分子和歌唱家的死亡似乎增加了那个时代的忧伤。对于巴尔特来说,他去得太早了。萨特之死,我们已经想到,它来得雄伟庄严,一百万人排在棺木后面,下葬时西蒙娜·德·波伏瓦的头巾滑落下来了。萨特活的时间比加缪多一倍,早在一九五九至一九六○年间的冬季,加缪就被埋在同一座坟墓里的杰拉·菲利普旁边了。

布雷尔和布拉桑的死,正如从前皮亚芙的死一样,更使我们无所适从,似乎他们应该陪伴我们终身,尽管我们不再那么经常听他们的歌曲,一个是过分说教,另一个是可亲的无政府主义

---

① 猛犸原意是古生物毛象,被作为巴黎一个大型超市的名称。这句话是广告语,意思是这个超市的价格最便宜。
② 珍·茜宝(1938—1979),好莱坞女电影明星。
③ 阿尔多·莫罗(1916—1978),意大利左派基督教民主党领导人,曾数次担任总理。

者,我们更喜欢雷诺①和苏雄②。而克洛德·弗朗索瓦在国民议会选举的前夜——人人都预料会赢的左翼被击败了——在浴盆里可笑地触电死亡,突然倒下的还有乔达辛③,他与那时的我们几乎同龄,我们突然感到已离一九七五年的春天和西贡的陷落如此遥远,距与《印度之夏》相关的希望的冲动又是如何遥不可及。他们的死都与我们无关。

在一九七〇年代末,尽管彼此分散在不同的地方,大家却仍然保持着家庭聚餐的传统,对它的记忆变得越来越短了。

坐在圣雅克的贝壳和来自肉店而不是超级商场的、配有油炸土豆丸子的烤牛肉——快速冷冻但是担保和新鲜的一样好——的周围,谈话涉及汽车和牌子的比较,是打算制作还是买旧家具,最近几次度假,花费的时间和物品。我们本能地避开那些会唤起从前改善社会环境的欲望、显示出文化差异的话题,于是详细列举大家都知道的现状:科西嘉岛的塑性炸药,西班牙和爱尔兰的谋杀,博卡萨④的钻石,论战小册子《德斯坦的命运》,科吕什⑤竞选总统的候选人资格,比约·博格⑥,E123彩色胶卷,影片,除了从来不去电影院的祖父母之外人人都看过的《极

---

① 雷诺(1952— ),法国歌手。
② 阿兰·苏雄(1944— ),法国歌手、演员。
③ 乔达辛(1938—1980)是讲法语的美国音乐家,七十年代风靡欧洲,《印度之夏》是他翻唱的第一首流行歌曲。
④ 博卡萨(1921—1996),中非共和国总统、皇帝,有"吃人妖魔"之称。
⑤ 科吕什(1944—1986),法国喜剧演员,拍摄过许多部影片。
⑥ 比约·博格(1956— ),瑞典网球明星,获得多次世界冠军。

乐大餐》①,以及紧跟潮流的人才看过的《曼哈顿》。在一场男人们垄断话题的谈话里,妇女们就家务问题——床罩的折叠,牛仔裤在膝盖部分的磨损,用盐去掉桌布上的葡萄酒污迹——进行个别交谈。

对战争和占领时期的接连不断的回忆逐渐枯竭了,在喝着香槟酒吃餐后点心时才勉强由最年老的人重新提起,大家带着同样的微笑听着,就如他们说起莫里斯·什瓦里埃②和约瑟芬·贝克③时一样。与过去的联系变得模糊了。我们只是把现在传给后代。

孩子们占据着父母焦虑的话语。家长们比较着他们教育的方式,如何实施从未见过的放任自流,如何禁止和允许(避孕丸,校园祭④,香烟,轻便摩托车)的方式。他们讨论私立学校教育的优点,学习德语、出去住一段时间学语言的用处。他们想让孩子进一所好初中,一项有利的分科选择,一所好中学,有一些好老师——他们一心记挂着一种可能成真的优秀,即围着孩子打转,在他们身上无甚痛苦地激发出一种个体的成功:家长们认为自己是唯一对此负有责任的人。

孩子们的时代取代了死者的时代。

在被谨慎地问起他们的消遣和最喜爱的音乐时,年轻人回

---

① 法国和意大利在1973年合拍的影片。
② 莫里斯·什瓦里埃(1888—1972),法国歌星和电影演员。
③ 约瑟芬·贝克(1906—1975),法国女演员,曾参加抵抗运动。
④ 学生用语,指大学每年的庆祝会。

答的方式都是温顺、简洁和多疑的,实际上是肯定我们对他们的兴趣并不关心,除非是成了他们模糊地发现的某种事情的一些迹象,其中也许掩盖着他们不打算告诉我们的本质。角色扮演游戏、军事演习游戏和英勇的幻想使我们困惑,我们感到欣慰的是他们列举了《指环王》,披头士爵士乐队,而不仅仅是他们整天用来折磨我们的平克·弗洛伊德[①]和性手枪[②]、摇摆舞曲了。看到他们在格子衬衣上穿一件 V 领的羊毛套衫,庄重的发式,样子亲切,我们认为此刻他们还是可以从毒品、精神分裂症和全国就业办事处里挽救出来的。

吃完餐后点心之后,最小的孩子被邀请展示他们用钉子和绳子做成的图画,他们玩魔方的技巧,在钢琴上弹奏德彪西的《小黑人》,使父母们恼火的是没有人真的在听。几番犹豫之后,我们放弃了用一场集体游戏来结束这次家庭聚会的计划,年轻人不打桥牌,老人们对组字游戏[③]有疑虑,"大富翁"又太长了。

而我们,进入八十年代,我们就四十岁了,在完成了一种传统的疲惫的温馨之中,看着桌上所有因逆光而发黑的面孔,现在占据着两代人之间的位置的我们,刹那间被一种仪式反复进行的奇特感攫住了。一种亘古不变的眩晕,似乎社会没有发生任何变化。在各种突然觉得像是脱离了身体的声音的嘈杂中,我

---

① 1965 年在伦敦成立的摇滚乐队。
② 1972 年在伦敦成立的摇滚乐队。
③ 1946 年由美国创造的游戏,用随意挑选出来的七个字母组成尽可能多的单词。

们明白在家庭聚餐这个场合,疯狂随时可能降临,我们会吼叫着把桌子推翻。

　　按照我们的愿望,以及被银行和住房储蓄计划所代替的国家的愿望,我们"获得了住宅"。这个实现了的梦想,这种社会成就压缩着时间,让一对对夫妇走向衰老:他们将在这里一起生活直到去世。职业,婚姻,孩子,他们走到了被二十岁时的协定砌牢在石头上的传宗接代之路的尽头。他们用干零活和重新刷墙、张贴墙纸来消愁解闷。回到过去的欲望短暂地纠缠着他们。他们羡慕一致同意实行"青年同居"的年轻人,他们没有过这种权利。他们身边的离婚日益增多。他们尝试过看色情影片,购买内衣。和同一个男人做爱,妇女们感到又变成了处女。月经之间的间隔看来缩短了。她们把自己的生活与单身女人和离婚女人进行比较,悲哀地注视着一个坐在火车站前面地上的徒步旅行的少女,斜挂着背包平静地喝着一盒牛奶。为了测试她们没有丈夫时的生活能力,她们下午独自心里发颤地去电影院,以为人人都知道她们不再是以往的身份了。

　　她们回到富有吸引力的大商场,重新发现自己暴露在因婚姻和生育而曾经远离的、世界上的一切奇遇面前。她们想不带丈夫和孩子去度假,却发现旅行和一个人待在旅馆里的景象使她们充满焦虑。对于抛弃一切、重新变成独立女人的想法,她们随着不同的日期而在渴望与恐惧之间动摇不定。为了了解自己真实的欲望和提高勇气,我们去看《一个被制服的女人》《识别一个女人》,我们阅读《左撇子的女人》《忠实的女人》。在决定分居之前，夫妇之间又经历了几个月的争吵和疲惫的和解，在女友之间的谈话，谨慎地向父母宣布夫妇的不和，他们在我们举行婚礼时就告知我们，我们家里是没有离婚的。在决裂的过程中，要平分的家具和家用器具的清单标志着到了无法后退的地步。我们开列了在十五年里积累起来的物品清单：

地毯 300 法郎

高保真组合音响 10000 法郎

玻璃鱼缸 1000 法郎

摩洛哥镜子 200 法郎

床 2000 法郎

埃马纽埃尔牌安乐椅 1000 法郎

药品柜 50 法郎，等等。

我们在商品价值"这一钱不值了"与使用价值"我比你更需要汽车"之间争夺着它们。我们在定居之初一起渴望过的东西，我们满意地获得的、已经融合在日常的装饰或用途中的东西，恢复了它们最初的、被遗忘了的身份：有价物品。正如列举着从各种平底锅到床单的购物清单曾表明长期配偶关系的确立，这份要平分的物品清单现在体现着决裂。共同的好奇心和共同的欲望，晚上吃完晚饭按照商品目录订货，在达尔蒂电气商店里面对着两个炉灶模型犹豫不决，在车顶上冒险运送夏天的一个下午在旧货商店里买的一把安乐椅，这些都由它一笔勾销。财产清单认可了夫妇关系的死亡。下一步是咨询一位律师，把我们的故事变成一种法律语言，从决裂中一下子排除了激情的因素，使它进入了一种平庸和匿名的"夫妻共有财产解体"。我们想逃避和到此为止,但是我们预感到不可能回头,准备好承受离婚的痛苦,大声威胁和辱骂,斤斤计较,准备过钱少了一半的生活,准备不惜一切重新找到对一种未来的希望。

彩色照片:一个女人,一个大约十二岁的小男孩和一个男人,三个人全都彼此保持距离,就像在一块有沙子的、被阳光照得发白的空地上摆成三角形,旁边是他们的影子在一座可能是博物馆的建筑面前。右面是男人的背影,他举着双臂,全身是一套黑色的毛式服装,正在拍摄这座建筑。远处在三角形的顶端,是男孩的正面,穿着短裤和一段看不清文字的T恤衫,拿着一个黑色的东西,大概是相机套。左边的近景是半侧着身子的女人,穿着介于标准的样式与嬉皮士之间的、略微收腰的绿色连衣裙。她拿着一本厚厚的大书,大概是《蓝色指南》。她的头发全都向后拉到耳朵后面,衬托出一张丰满但由于光线而看不清楚的面孔。在宽松的连衣裙下面,下半身显得臃肿。女人和孩子都像是正在走路时被抓拍的,在拍照的人提醒注意的最后一刻转向镜头微笑着。背面写的是:西班牙,一九八〇年七月。

她是这个小家庭的妻子和母亲,家里的第四个成员、年轻的长子拍了这张照片。向后拉的发式,驼起的肩膀,不成形地下垂的连衣裙,尽管笑容可掬,也显示出一种疲惫和不在乎是否取悦于人了。

这里,在烈日下面,在这个旅途中认不出来的地方,她在标致305轿车里,除了他们从帕拉多斯①到塔帕斯酒馆,又带

---

① 价廉物美的西班牙旅馆。

往旅行指南上的三星景点的小家庭之外,心里大概没有任何别的想法,他们担心的是轮胎被埃塔①弄坏。在这种无人打扰的自由气氛中,暂时摆脱了简略地记在笔记本上的各种各样的忧虑——更换床单,点烤肉,班级委员会,等等——以及由此产生的一种痛苦加剧的意识,但自从他们在倾盆大雨中从巴黎地区出发之后,她却无法摆脱夫妇生活的痛苦,感到无能为力、怨恨和孤立无援。一种渗入她与世界的关系之中的痛苦。她对景色只是远远地瞥上一眼,仅限于在城市入口的工业区前面,面对这座耸立在平原上猛犸象超市的轮廓而想起那些消失的小驴子,她观察到自从佛朗哥死后西班牙改变了面貌。在咖啡馆的露天座,她只看估计在三十五到五十岁之间的女人,在她们的脸上寻找幸福或者不幸的迹象,"她们是怎么变成这样的?"但是她常常坐在一个酒吧的深处,看着正在远一些的地方和他们的父亲玩电子游戏的孩子们,她为离婚就是把痛苦引入一个如此平静的世界的想法而心碎。

这次在西班牙的旅行将留下如下的时刻:
在萨拉曼卡的马约尔斗牛场上,当他们在阴影里喝着一罐饮料的时候,她无法把目光从一个四十来岁、看来像个规矩母亲的女人身上移开,那个女人穿着有花朵装饰的衬衫和齐到膝盖的裙子,背着小包正在拱廊下面拉客
夜里,在托莱多的埃斯居里亚尔旅馆里,她被一阵阵呻吟声惊

---

① 巴斯克祖国与自由党的简称,是法国与西班牙边境巴斯克地区急进的民族主义运动组织。

醒,向隔壁孩子们的房间跑去。他们安静地睡着。回来躺下之后,她和丈夫明白那是一个没完没了地享受性快乐的女人,喊叫声被内院墙壁反射到所有开着窗户的房间里。她忍不住在睡着的丈夫身边手淫起来

在西班牙奔牛节期间他们在潘普洛纳①过了三天,一个下午她独自在床上昏昏欲睡,感到像十八岁时在少女之家的小房间里一样,同样的肉体和同样的孤独,同样的不想动弹。她在床上听到了传遍全城的自命不凡而且永不停止的乐曲。这是一种处在节庆活动之外的古老的感觉。

在一九八〇年的这个夏天,她的青春时代对她来说好像是一段无限的空间,充满光明,她占据其中的每一个点,且用当下的目光将其笼括,而并不明晰区分出任何事物。这个世界已在她身后,这一事实使她惊愕。今年她第一次理解了我只有一次生命这句话的可怕意义。也许她提前成了《饲养乌鸦》②——这部在已经如此遥远的另一个热得不真实的"干旱"的夏天令她震撼的影片——里的老太太,瘫痪、无言,在同样的歌曲一而再,再而三地响起的时候,不倦地盯着固定在墙上的照片,泪流满面。她想看的、最近看过的影片,在她脑海里形成了一些虚构的线条,她在其中寻找自己的生活,《旺达》《普通的故事》。她要求它们为她勾勒出一个未来。

---

① 西班牙的北部巴斯克地区的小镇,每年7月6日至14日在这里举办奔牛节。
② 西班牙1976年上映的影片。片名来自西班牙谚语,意思是你饲养的乌鸦长大了会啄你的眼睛。

她觉得就在她这样活着的时候,一本书自己在她身后写了出来,不过里面什么也没有。

我们不知不觉地摆脱了消沉的状态。

人们怀着科吕什那种快乐的嘲讽观察着社会和政治。孩子们全都明白他的所有"禁令",人人都在重复"这是新的,刚刚出来的。"他根据我们的看法调整他对法国的"笑弯了腰"的看法,他想参加总统竞选使我们乐不可支,哪怕我们不想投票支持他来把这种对普选的亵渎形式进行到底。我们欣喜若狂地得知,傲慢的吉斯卡尔·德斯坦接受了一个非洲君主的钻石,而这位君主曾被怀疑把敌人的尸体放在他的冷冻柜里。通过开头的失败之后的一次逆转,体现真理、进步和朝气的不再是他,而是密特朗。他要做的是:自由电台,堕胎补偿,六十岁退休,每周工作三十九个小时,废除死刑,等等。现在他的周围漂浮着一种最高权力的光环,在一个带教堂钟楼的村庄的背景下,他的肖像赋予这种权力以一种扎根于古老记忆中的显而易见的力量。

我们由于迷信而缄口不言。吐露我们坚定地相信左翼上台执政可能会带来灾难。让傻瓜上当的选举是另一个时代的标语。

即使在看到弗朗索瓦·密特朗仿佛虚线构成的奇特面孔出现在电视屏幕上的时候,我们还不敢相信。然后我们意识到成年后的全部生活都是在与我们无关的政府下面度过的,除了一个五月份之外,二十三年毫无希望地逝去了,政治事务没有带来任何幸福。我们由此心生怨恨,似乎有人从我们身上盗取了青春。在这个时代全都过去之后,在五月份——它使人忘却了另一个五月份的失败——的一个雾蒙蒙的星期天晚上,我们和一伙人回到了历史之中,有青年,妇女,工人,教授,艺术家和同性恋者,护士,邮递员,我们想重新创造历史。那是一九三六年,父母们的人民阵线,解放,一个本来会成功的一九六八年。我们需要激情和感动,玫瑰花和先贤祠,让·饶勒斯①和让·穆兰②,《樱桃时节》③和皮埃尔·巴什雷的《矿工宿舍》。这是一些我们由于很久没有听到而觉得真挚的词汇。应该重新关注过去,重新占领巴士底狱,在面对未来之前陶醉于象征和怀旧。孟戴斯·弗朗斯在密特朗拥抱他时流下的幸福泪水,也是我们的泪水。我们嘲笑跑到瑞士去藏钱的富人的恐惧,我们带着优越感,劝那些确信自己的住房要国有化的女秘书们放心。一个土耳其人刺杀让-保罗二世的事件来得不巧,我们会把它丢在脑后。

一切看来都是可能的。一切都是新鲜的。我们好奇地看着四个共产党的部长,就像一个具有异国情调的种类,惊讶的是他们长得不像苏联人,说起话来也没有马歇④或拉茹阿尼⑤的腔

---

① 让·饶勒斯(1859—1914),法国历史学家、哲学家,社会党领袖之一,因反对帝国主义战争而在第一次世界大战前夜被暗杀,著有《社会主义的法国革命史》和《社会主义研究》等。
② 让·穆兰是法国查尔努瓦卢省省长,在抵抗运动时期英勇抵抗德军,被捕后在狱中就义。1984年,他的遗骸被迁入先贤祠。
③ 巴黎公社诗人让-巴蒂斯特·克雷芒(1836—1903)的作品。
④ 乔治·马歇(1920—1997),法国政治家,1972年任法国共产党总书记。
⑤ 安德烈·拉茹阿尼(1929—    ),法国政治家。

调。我们感动地看到一些众议员,像六十年代的大学生那样抽着烟斗和长着大胡子。气氛似乎轻松了,生活更有朝气了。一些词汇又重新出现了:资产阶级,社会阶层。语言放任自流。在度假的高速公路上,带着铁娘子乐队①的盒式磁带和碳14电台上的达维·格罗塞克斯的冒险故事,我们感到面前打开了一个新时代。

无论能回忆得多么遥远,也从来没有过在短短几个月里发生这么多的事情(我们马上就会忘记,不打算再回到从前的境遇中去了)。死刑废除了,自愿堕胎得到了补偿,非法移民被合法化了,同性恋被允许了,假期延长了一周,每周的劳动时间缩短了一个小时,等等。然而平静逐渐变得混乱起来。政府要钱,向我们借,又令它贬值,通过控制外汇交易来阻止法郎流到国外。气氛变得严峻起来,演说——"严厉"和"紧缩"——则指向惩罚,似乎拥有更多的时间、金钱和权利是非法的,应该恢复一种由经济学家们决定的自然秩序②。密特朗不再谈起"左翼民众"。我们还没有过分抱怨他,他不是任凭巴比·桑兹③死去和派遣士兵到马尔维纳斯群岛④去送死的撒切尔夫人。但是五月十日在变成一种令人难堪的、几乎是可笑的记忆。国有化,增加工资,缩短工时,我们以为是实现正义和达到另一个社会的一切,在我们看来就像属于一种大规模的纪念人民阵线的仪式,对一些消失的也许连主

---

① 1975年在伦敦成立的重金属乐队。
② 重农主义者和古典经济学家使用的术语。
③ 爱尔兰共和军成员,1981年被捕后绝食六十六天后死去。
④ 阿根廷所称的南大西洋群岛,英国称为福克兰群岛,两国都声称拥有对群岛的主权。

祭者都不相信的理想的崇拜。事件并未发生。国家再一次离我们远去。

国家向媒体靠近。政治家们在电视上亮相，装出接受询问和说明真相的样子，他们的表演由于乐曲而变得庄严和悲壮。听着他们毫不犹豫地引证那么多的数字，对于任何事情都从来不会哑口无言，我们怀疑他们是否事先就知道了所有的问题。就像所有的高谈阔论一样，问题在于"说服"。他们一个星期又一个星期地分批上场，晚安乔吉娜·迪弗瓦克斯夫人，晚安帕斯卡先生，晚安布里斯·拉隆德先生。我们什么都没有记住，除了一句"短短的话"，如果不是时刻戒备的记者们让它堂而皇之地流传，我们本不会注意到它。

各种事实，物质和非物质的现实是以数字和百分比告诉我们的：失业者，汽车和书籍的销售，患癌症和死亡的可能性，"有利的"和"不利的"舆论。百分之五十五的法国人认为阿拉伯人太多了，百分之三十的人拥有一台磁带录像机。两百万失业者。数字说明的只是必然性和决定论。


我们无法得知对所有的人来说，经济危机，这个模糊而无形的数据在什么时候变成了世界的起源和原因，变成了对绝对的恶的确信。然而当穿着三件套西服的伊夫·蒙当在《解放报》——它显然不再是萨特的报纸——的支持下，向我们解释挽救危机的灵丹妙药是企业的时候，危机就是这个样子了。随后，卡特莉娜·德纳芙用她的形象和声音诠释了企业那属于末世的美丽；她受苏伊士银行之托，赞扬它向私人资本开放，与此同时金钱的豪华门扇缓缓打开,此门与它们令我们想到的卡夫卡《审判》中的大门截然不同。

企业是自然法则,现代性,智慧,它能挽救世界(我们当时不理解为什么一些工厂要停工和关门)。对于各种"意识形态"及其"刻板的陈词滥调"是没有什么可期待的。"阶级斗争""介入""资本与劳动"的对立引起了怜悯的微笑。由于长期不再被使用,一些词汇显得没有意义了。另一些词汇出现了,并且迫使人们用来评价个人和行为:"能力""挑战""盈利"。"成功"通向超验价值的行列,给"获胜的法兰西"下定义,从保尔-卢·苏里策尔①到菲利普·德·维里埃②,颂扬着一个"白手起家"的家伙,贝尔纳·塔皮③。这是花言巧语的时代。

我们不相信他们。在大学旁边的南泰尔④的巴黎地区高速铁路网车站月台的对面,一座灰色楼房上面全国就业办事处的巨大起首字母使我们为之心寒。有那么多男人、现在有那么多女人行乞,以至于我们觉得这是一种新的行业。金钱随着信用卡的到来,逐渐隐形了。

由于没有希望,人们被建议"放松心灵"用徽章、进行曲、音乐会和唱片,反对饥饿、种族主义、贫困,争取世界和平,波兰独

---

① 保尔-卢·苏里策尔(1946— ),法国当代企业家、作家,著有《绿色国王》。
② 菲利普·德·维里埃(1949— ),法国政治家,右翼政党保卫法国运动候选人。
③ 贝尔纳·塔皮(1943—2021),法国企业家、政治家、电视策划人和演员,曾任城市部长。他在《动物模仿秀》节目中的形象是公牛,被称为"粗暴的塔皮"。
④ 法国上塞纳省首府。

立团结工会,"慈善食堂",释放曼德拉和让-保尔·科夫曼①。

我们想象中的郊区是在公共汽车和通向北方的巴黎地区高速铁路网线路的尽头,由水泥建筑群和泥泞的土地、散发着尿味的楼梯间、打碎的玻璃窗和出故障的电梯、地下室里的针管组成的混乱形象。"郊区青年"构成了一个与其他青年不同的、不文明的阶层,有点可怕,尽管生在法国却一点不像法国人,可敬的教授、警察和消防员到他们的领地上勇敢地"面对"他们。"文化之间的对话"归结为挪用他们的语言和装出他们的语调,像他们说一个女人和一支大麻卷烟那样,把字母和音节都颠倒过来。他们接受了一个同时表示他们的出身、肤色和说话方式的集体名称:波尔②。人们嘲弄地把一句法国我说③归因于他们。他们人数很多,我们不了解他们。

突然冒出来一个极右的家伙,让-玛丽·勒庞④,我们记得从前见过他像摩西·达扬⑤那样用黑布条蒙着一只眼睛。

在城市周围,一些巨大的仓库在星期天开放,一些市场提供无数的鞋子、工具和家具。超市越来越大,小推车被其他更大的、俯下身去也几乎碰不到底的购物推车所取代。我们换了电视以

---

① 八十年代中期被绑架到黎巴嫩去的法国人质。
② 指原居于马格里布地区(北非)的移民在法国所生的年青一代。
③ 原文的意思是"我说法国",但少了一个介词,表示句子不通的意思。
④ 让-玛丽·勒庞(1928— ),1972年创立的法国极右翼组织国民阵线主席。
⑤ 摩西·达扬(1915—1981),以色列政治家和军事领导人,曾任国防部长。

便拥有转接插头和一台磁带录像机。新事物的出现已无法在人们心中激起波澜,而对持续发展的确信则使人们打消了想象它的欲望。他们欢迎这些物品,既不惊奇也不焦虑,就像多了一份个人的自由和乐趣。有了光盘就用不着每隔一刻钟站起来换放另一面了,电视遥控器使人可以整个晚上都不用离开沙发。盒式录像带实现了在家里放电影的梦想。在迷你终端的屏幕上,我们询问电话簿和法国国营铁路公司的时刻表、自己的星象图和色情场所。总之在自己家里可以为所欲为,用不着向任何人问任何事情,在家里毫无愧色地注视着特写镜头的性器官和精液。没什么可惊异的了。我们忘记了自己本来永远都不会相信有朝一日能看到这些东西。我们看到了。那又怎么样呢?没什么。只有在不受惩罚地获得了从前被禁止的一切乐趣之后的满足。

乐曲随着随身听第一次进入了人体,我们可以在它里面生活,与世隔绝。

年轻人是讲道理的,他们大体上和我们一样思考。他们在中学里不乱喊乱叫,不对课程、规章制度、当局表示怀疑,而且忍受着上课时的无聊。他们的生活是在校外开始的。他们在索尼家机、雅达利游戏上玩角色扮演游戏,他们对电脑充满热情,要求得到第一版的电脑模拟游戏。看《摇滚的孩子》《一无是处》[1]《晚安小短片》[2],读斯蒂芬·金和为了让我们高兴而读的

---

[1] 法国付费频道的富有挑逗性的著名节目。
[2] 由青年歌唱家演出的电视节目,每个人的演唱只有三四分钟。

《启迪智慧》①。他们听乡土爵士、硬摇滚或者乡村摇滚。在唱片和耳机之间，他们生活在音乐之中。他们在聚会上"心花怒放"，抽的当然是大麻卷烟。他们回顾过去，很少谈到未来。他们随意打开冰箱和橱柜，不管什么时候都吃加香料的罐装巧克力奶油、糖果和榛子巧克力奶油，和他们的小女友在我们家里睡觉。他们来不及什么都干，体育、绘画、电影爱好者俱乐部和学校的旅游。他们不责怪我们任何事。记者们把他们称为"波夫②的一代"。

女孩和男孩从幼儿园开始就混在一起，在一种我们看来是纯洁和平等的环境里一起平静地成长着。他们彼此说着同样生硬和粗俗的语言，拿排泄物相互问候对方。面对我们像他们这么大的时候折磨过我们的一切：性、老师和父母，我们发现他们"依然故我"，"泰然自若"。我们问他们的时候小心翼翼，担心招来他们的指责，说我们迟钝和训斥他们。我们任凭他们处于一种我们本希望自己拥有的自由之中，同时继续对他们的行为和沉默进行隐蔽的监督，这是家族中从母亲到女儿的传承。我们惊讶而又满足地注视着他们的自主和独立：似乎那是在代际的历史里赢得的某种东西。

他们在宽容、反对种族主义、和平主义和生态学方面胜过我们。他们不关心政治，但是继承了所有宽容的口号，为他们制作的标语别碰我的伙伴，购买唱片来捐助埃塞俄比亚的饥荒，跟随

---

① 供勤奋青年阅读的科技杂志。
② "波夫"是感叹词，表示不感兴趣。指六十年代以后出生的人生活优裕，不愿意付出努力，对人们建议他们所做的一切都用"波夫"来回答。

着波尔们的游行队伍。他们对"差别权"①显得忧心忡忡。他们对世界有一种道德观念。他们使我们开心。

我们在节日里吃午饭的时候,越来越少提及过去。年轻的同席者对于发掘我们刚来到世界上时的宏大故事没有什么兴趣,而我们也像他们一样害怕战争和民族之间的仇恨。我们并不更多地回忆阿尔及利亚、智利和越南,也不提一九六八年的五月风暴以及为争取堕胎自由而进行的斗争。我们只是我们孩子的同代人。

从前的时代离开了家庭的餐桌,摆脱了证人们的身体和声音。电视上播放着讲述它的档案影像,解说的声音不知来自何方。"记忆的责任",这是一种公民的义务,一种良心公正的标志,一种新的爱国主义。对犹太种族屠杀的冷漠在人们的同意下持续了四十年之后——我们不能说影片《夜与雾》②吸引了公众,也不能说普利莫·勒维③和罗贝尔·安泰尔姆④的作品也是如此——我们相信感到了羞耻,但这是一种迟到的羞耻。只有在看《浩劫》⑤的时候良心才恐惧地注视着它自身的残忍可能达到的程度。

---

① 指他为了维护移民的权利而要求与本土法国人有所差别的权利。
② 阿兰·雷斯奈在 1956 年拍摄的关于纳粹集中营的资料片。
③ 普利莫·勒维(1919—1987),意大利犹太化学家、作家,是奥斯维辛集中营的幸存者,集中营文学的著名作家。
④ 罗贝尔·安泰尔姆(1917—1990),法国作家。1939 年与女作家杜拉斯结婚。1944 年被捕后关进了集中营,1945 年获释,1946 年与杜拉斯离婚,但是他们保持着终身的友谊。
⑤ 反映二战期间灭绝欧洲犹太人的影片。

家谱令人们牵挂。他们到出生地区的市政府去,收集出生证和死亡证,在只显示姓名、日期和职业的沉默的档案面前感到迷惑和失望:雅克-拿破仑·迪里埃,生于一八〇七年七月三日,记者;弗洛蕾丝蒂娜-佩拉吉·舍瓦里埃,织布女工。人们留恋家庭的一些物品和照片,对于在七十年代失去它们时毫无痛苦,而在今天对它们却如此怀念感到吃惊。人们需要"回归本源"。对"根"的需要从四面八方涌来。

身份,迄今为止除了在皮夹里的一张带照片的卡片之外没有别的意义,现在变成了一种最需要操心的事情。没有人确切地知道它包括的内容。在任何情况下,这是某种必须拥有、找到、获得、肯定、表达的东西。一笔珍贵和至高无上的财富。

在世界上,一些女人从头到脚都被遮盖着。


跑步、健身操和有氧运动保障着身体的"体形",依云矿泉水、酸奶、内心纯洁则促使它追求崇高的精神。是身体在我们当中思考。性欲应该"充分施展"。我们阅读勒乐①医生的《爱抚论》来完善自己。妇女们又穿上了长筒袜和束身内衣,宣称这首先是"为了自己"。"取悦自己"的指令来自四面八方。

四十多岁的夫妇看着付费频道上的色情影片。面对用特写镜头表现的不知疲倦的鸡巴和被剃光了毛的阴户,他们被一种

---

① 热拉尔·勒乐是法国著名的性治疗医学专家,《爱抚论》的销量超过百万册。

学习技巧的欲望攫住了,这是与十年或二十年前促使他们甚至来不及脱鞋就扑向对方的情欲无关的、冷漠的火花。在享受性的快乐时他们像演员那样说着"我来了"。他们怀着感到自己正常的满足心情睡着了。

对物品的希望、期待转向了对身体的保养,一种经久不变的青春。健康是一种权利,疾病则是对它的侵害,需要尽可能迅速地补救。

孩子们不再有寄生虫,几乎不再有孩子死去。试管婴儿接连诞生,活人受损的心脏和肾脏被代之以死者的器官。

排泄物和死亡应该是看不到的。

我们宁可不谈刚刚出现、无药可医的疾病。它有一个德语名称,阿尔茨海默病①,它使老人们惊恐不安,使他们忘记姓名和面孔。另一种是通过鸡奸和针管传染的,是对同性恋者和吸毒者的惩罚,某些必须接受输血而又倒霉的人也会感染。


天主教不声不响地从生活的范畴中消失了。家庭不再传承关于它的知识和用途。除了某些仪式之外,人们不再需要它作为威望的标志。就像它被使用得太久,被两千年里无数的祈祷、弥撒和仪式行列消耗殆尽了。轻微的和致命的罪行,上帝和教会的戒律,圣宠和对神三德②从属于一套难以理解的词汇和一去不返的思想模式。性解放使淫乱、修女的猥亵故事和《卡马

---

① 俗称老年性痴呆。
② 指信、望、爱。

雷的神甫》①不再流行。教会不再对青春期年轻人的想象力采取恐怖手段,它不再去管性伴侣的交换,而女人的肚皮也摆脱了它的控制。在失去它主要的行动范围,即性的同时,它失去了一切。除了哲学课之外,上帝的观念确实没有价值也不值得认真讨论了。在中学里的一张课桌上,一个学生写下了上帝是存在的我在里面走过。

波兰新教皇的声望对此没有带来任何改变。他是西方自由的政治英雄,一个影响力在世界层级的莱赫·瓦文萨②。他的东方语调,他白色的长袍,他的"别害怕"和他下飞机时亲吻大地的样子,都像麦当娜在演唱会上把短裤扔出去一样属于演出的一部分。

(如果私立学校的家长们在三月的一个很热的星期天成群地列队行进,人人都知道这里面没有上帝什么事情。这里涉及的不是宗教的而是世俗的信仰,是把他们的孩子看成最成功的产品的确信。)


这是一九八五年二月,在塞纳河畔维特里的一所高中的一年级播放的三十分钟的盒式录像带。一张从六十年代以来所有学校都使用的那种桌子,她是那个坐在桌旁的女人。在她对面,同学们杂乱地聚集在一些椅子上,大部分是女孩,有几个非洲的

---

① 青少年中流行的下流歌曲,讽刺卡马雷这个小村庄里的神甫利用特权纵欲。
② 莱赫·瓦文萨(1943— ),波兰团结工会主席,总统(1990—1995)。

或者安的列斯群岛、马格里布①的女孩。有些化了妆,穿着袒胸露肩的羊毛套衫,戴着茨冈风格的戒指。她用一种稍微有点高的尖嗓音谈着写作和生活、女性的处境,有些犹豫、中断和重复,特别是当有人向她提问的时候。她似乎由于必须考虑一切而精疲力竭,仿佛正在承受来自一种只有她觉察到的整体的猛攻,然后大声说出一句没有特色的话来。她摆动着很大的双手,常常把它们伸进红棕色的浓发里,但是毫无十三年前家用的超八毫米影片里那种神经质和断断续续的手势。与在西班牙拍的照片相比,面孔显得消瘦,椭圆脸和下颌的线条更加分明了。她笑着,一个浅浅的微笑——那是一种羞怯的记号,或是一道不由自主的残痕,属于一段嘴角挂着冷笑的通俗青春,来自一位城镇少女对自己无足轻重的心知肚明——与她休息时面孔的宁静和庄重形成了对照。她略微化了点妆,没有扑粉(她的皮肤闪着光泽),一块红色的头巾滑落在使脖颈显短的深绿色衬衫的 V 字形开口里。身体的下部被桌子挡住了。没有一件首饰。在问题当中有:

当您在我们这么大的时候,您是如何设想您的生活的?您的希望是什么?

答(缓慢地):要想想……要回到十六岁,确实……至少要一个小时。(声音突然变得尖了起来,烦躁不安)你们,你们生活在一九八五年,女人如果愿意的话就选择要孩子,只要她们愿意,不结婚也可以,这在二十年前是不可能的!

---

① 西北非地区,指地中海与撒哈拉沙漠之间的摩洛哥、阿尔及利亚和突尼斯。

在这种"交流环境"里她大概感到气馁,因为她看到自己只能用一些流行的词语和老生常谈来传达这段从十六岁至四十四岁的女性体验的广度。(必须重新沉浸于她在高一年级时的一些印象里并久久地停留,必须重新拾起一些歌曲和记事本,重读内心日记。)

在她生命中的此刻,她离了婚,独自和两个儿子生活,有一个情夫。她不得不怀着一种使她吃惊的无所谓的神情,卖掉九年前购买的房子、家具。她在物质上一无所有,无拘无束。似乎婚姻只是一个插曲,她感到重新拾起了被抛在原地的青春,恢复了同样的期待,同样对情歌敏感、穿着高跟鞋气喘吁吁地跑去约会的样子。同样的欲望,却能在尽善尽美地满足它们时毫无愧色,能够声称我想做爱。正是出于对自己肉体的无法抗拒的服从,现在才实现了"性革命",对一九六八年以前的价值观的转向,同样清醒地意识到她这个年龄的脆弱光辉。她害怕衰老,她的将要失去的经血的气味。最近管理部门的一封告诉她任职到二〇〇〇年的信使她呆若木鸡。迄今为止这个日期还没有成为现实。

她的孩子们并不常出现在她的思绪里,就像她是儿童或少女时没有想到她的父母那样,他们是她的一部分。因为她不再是一个妻子,她不再是同一个母亲,不如说同时是姐妹、朋友、辅导员、自从分手以来减轻了的家务的安排者:每个人想什么时候吃就什么时候吃,对着电视在膝盖上放一个托盘。她常常惊异地看着他们。就这样期待他们长大,麦糊和蜂蜜,上小学的第一天,然后上中学,长成这些高大的小伙子,她知道自己对他们没有多少了解。没有他们她就无法在时光中确定自己的位置。当她看到一些小孩子在小花园里玩沙子的时候,她惊讶的是她已经在回想她的孩子的童年,而且感到是那么遥远。

她目前生活中的重要时刻,是下午和情夫在达尼埃尔-卡萨诺瓦街的旅馆房间里相会,以及看望长期住院的母亲。这两件事情的联系是如此紧密,使她往往觉得只涉及一个人。似乎抚摸痴呆母亲的皮肤和头发,与和情夫充满情欲的动作具有同样的性质。她在做爱之后昏昏欲睡,偎在属于她的结实的身躯之中,随着远处的汽车声,回想起她在其他地方也在白天这样睡过:星期天在伊沃托,她当时还是个孩子,挨着母亲的脊背读书;在英国打一份包食宿的小工期间,钻在一个电暖气旁边的被窝当中,在潘普洛纳的梅斯纳弗旅馆里。每次都不得不离开这种暖和得懒洋洋的状态,起来做作业,到街上去,工作,在社会上生活。在这些时候,她认为她的生活可以用两个十字交叉的轴的形式来表现,一根是水平的,带着她随时碰到、看到、听到的一切;另一根是垂直的,只有某些陷入黑暗的印象。

因为在她重新感到的孤独中,她发现了一些被夫妻生活所掩盖的想法和感觉,她想写从一九四〇到一九八五年之间"女性的命运",有点像莫泊桑的《一生》,会使人感到时间在她身上、在她之外,在历史之中的流逝,一部在父母、丈夫、离开家的孩子们、出售的家具等人与物的丧失中结束的"完整的小说"。她担心自己会在需要把握的大量现实对象中迷失方向。还有她会怎样整理这种由事件、社会新闻、让她一步步走到今天的成千上万的日子积累起来的回忆。

在这种距离上，一九八一年五月八日已经只剩下在荒僻的街道上，一个上了年纪的女人慢慢地遛狗的印象，而就在整整两分钟以后所有的电视频道和电台都将宣布下一届共和国总统的名字——罗卡尔的形象像一个浮漂似的突然显示在屏幕上，全都去巴士底狱！

刚刚发生的事情有：

按照《世界报》的说法，米歇尔·福柯在六月末死于败血症，在私立学校大规模的示威游行——有着百褶裙和白色的女上衣——之后或之前，比这早两年是在《日常生活》里如此美丽的罗密·施奈德的死，她第一次见到她是在《一个皇后的幼年时期》里断断续续地看到的，因为拥抱她的小伙子的头挡住了银幕，电影院的最后一排一向都是留着做这种事情的

道路被卡车司机们封锁了，是在二月份假期的前夕

一些钢铁工人——她认为是里普手表公司的——在车道上焚烧轮胎，她则在被迫停下的高速火车的车厢包间里读着《语词与事物》①


我们感到什么都不能阻止右翼在选举中卷土重来。民意测验的结果注定应该实现，而作为一种没有明言的、媒体乐于激发的愿望，这种没有见过的情况——"左右翼共治"②——不可避免地产生了。为青年人设置的工会代表大会，优雅的法

---

① 福柯的著作。
② 总统和议会属于不同的政治派系的局面。

比尤斯①在电视上被希拉克训斥,戴着黑手党成员的黑眼镜的雅鲁泽尔斯基②在爱丽舍宫受到接见,"彩虹勇士号"③的破坏活动,左翼政府在任何情况下的行动似乎都不合时宜。甚至在一场我们根本不明白的冲突中,在黎巴嫩夺取人质也来得不巧,每天晚上关于不要忘记让-保尔·科夫曼、马塞尔·卡尔顿和马塞尔·丰泰纳始终是人质的提示令人不快④,我们能做些什么。按照阵营的不同,人们气势汹汹地相互发火或陷入沮丧。甚至冬天也比往常更冷,巴黎下雪,涅夫勒省达到零下二十五摄氏度,没有一点好兆头。悄声地死去的艾滋病患者,还有染病后形销骨立的幸存者就在我们周围。我们处于悲痛之中。每天晚上,听着皮埃尔·德斯普治⑤结束他的《日常仇恨的传闻》的时候,说"至于三月份,我说这话没有政治上的算计,它要能过得去这个冬天,我还真会惊讶",我们的理解是左翼过不了这个冬天。

　　右翼回来了,果断地让一些东西回到原样,非国有化,取消解雇的行政许可和巨额财产税。这样不能使足够的人变得幸福。我们重新开始喜爱密特朗了。

　　西蒙娜·德·波伏瓦气息奄奄,让·热内也是如此,我们显

--------

① 洛朗·法比尤斯(1946— ),法国社会党政治家,法国总理(1984—1986)。
② 沃伊切赫·雅鲁泽尔斯基(1923—2014),前波兰统一工人党中央委员会第一书记。
③ 绿色和平组织的船只,因在新西兰的奥克兰监视法国的地下核试验而被法国军队击沉。
④ 指电视台每天晚上播送节目时都要提一句人质尚未释放。
⑤ 法国大众笑星。

然不喜欢这个四月份,法兰西岛上还在下雪。也不喜欢五月份,尽管苏联爆炸的核电站并未使我们过分惊慌。俄罗斯的一场未能成功地掩盖的灾难,必须归咎于他们的无能和他们与集中营同样的残忍——即使戈尔巴乔夫使我们感到亲切——只是尚未伤害到我们。在他们的业士学位考试结束之后,六月里的一个闷热的下午,高中生们得知科吕什刚刚在一条僻静的路上骑着摩托车自杀了。

世界上的战争遵循着它们的进程。我们对它们的兴趣跟它们的持续时长和离我们的远近成反比,尤其取决于敌对双方有没有西方人参战。我们说不清楚多少年以来伊朗人和伊拉克人就在相互杀戮,俄罗斯人就在试图征服阿富汗人。动机就更说不清楚了,内心确信他们自己也不知道更多,于是为了一些已经忘记原因的冲突,我们签下一份又一份请愿书,内心说不上有多么坚定。黎巴嫩的斗争派别,什叶派和逊尼派,还有基督徒,弄得我们稀里糊涂。为了宗教而相互屠杀使我们震惊,证明这些民族还处于一个低级阶段。我们摆脱了战争的观念。不再与穿军服的小伙子来往,从军是一种谁都想逃避的苦差事。反军国主义失去了存在的理由,鲍里斯·维昂的歌曲《逃兵》反映的是一个已经过去的时代。我们一定会看到蓝盔部队到处在维护永恒的和平。我们是文明人,越来越关注身体的卫生和护理,使用各种去掉身上由内至外的气味的产品。我们笑着:"上帝死了,马克思也死了,我也感觉不太好。"我们喜爱游戏。

一些孤立发生的恐怖主义行动,肇事者们突然消失,像卡洛斯①那样跑遍世界,这些事也没有引起什么轰动。从九月份正好开学后的第一次袭击开始,我们大概记不清是否隔上几天会发生炸弹爆炸,而且总是在一些公共场所,连让我们表现出惊慌、电视上对上一次事件进行评论的时间都没有。后来,当我们意识到什么时候会想到一个无形的敌人已经向我们宣战,我们就会记起雷恩街,那个炎热的星期三下午,从达尔蒂电气商店面前的一辆奔驰车里扔出的炸弹炸死了行人,立刻打电话给家人和朋友,以便确认那个时候他们不在那里。人们继续乘坐地铁和大区快铁,但是车厢里的气氛不知不觉地越来越紧张。我们坐下的时候注视着旅客脚下"可疑的"体育用品包,特别是那些可能属于被心照不宣地认为该对袭击负责的那个群体的人,也就是阿拉伯人。意识到死亡正在逼近后,我们突然强烈地感觉到了自己的身体和现状。

我们料想会有其他的屠杀,断定政府是阻止不了的。什么也没有发生。日子一天天过去,我们不再害怕和检查座位底下了。连珠炮似的爆炸忽然停止了,我们都不明白是为什么,就像我们不清楚它们为什么开始一样,无论如何我们因此如释重负,再也不用操心了。变成"流血周"的一切谋杀案并不构成一个重大事件,它们并未改变绝大部分人的生活,只是让他们在外部体验到一种不安和命定的感觉,一旦危险远去,这种感觉也就随之消失了。我们不知道死伤者的名字,他们形成了一类无名的人:"九月暴行的受害者",还有一个次类别:"雷恩街的受害者",因为他们

---

① 法国著名的恐怖分子,至今仍在监狱里。

数量最多,更为恐怖的是死在一条人们只是从那里路过的街道上。(我们当然更熟悉雷诺汽车公司总经理乔治·贝斯和奥德朗将军的名字,他们被一个称为"直接行动"的小团体杀死了,我们认为它追随红色旅和巴德尔匪帮的足迹是弄错了时代。)

因为已经发生而且我们也很熟悉,所以当大学生和中学生在两个月之后来到街上反对德瓦凯①法令的时候,我们认为这是一个事件。我们不敢指望,我们为之惊叹,这是冬季的一九八年五月,我们一下子返老还童了。不过他们让我们回到了自己的位置上,在横幅上写着"68 老了 86 更好"。我们并不抱怨他们,他们和蔼可亲,不扔石块,在电视上从容不迫地表达自己的观点,在游行时按着《小船》和《花生果转一圈》的曲调,唱几段使我们兴高采烈的歌曲——只有鲍威尔斯②和《费加罗报》才会宣布他们感染了"精神艾滋病"。我们怀着印象深刻和强烈的现实感,第一次看到了我们之后的一代人,与小伙子们站在第一排的少女们,波尔们,人人都穿着牛仔裤。他们人数之多,让他们一下子成了成年人,原来我们已经如此衰老。一个在王子先生街丧命于警察的来复枪下的二十二岁小伙子,照片上看来像一个小孩子。成千上万的人沉重地列队走在写有他名字的横

---

① 德瓦凯(1942—2018),法国政治家。1986 年 10 月,政府颁布《德瓦凯法令》,恢复对大学进行选择性的检查,引起大中学生的游行示威。冲突愈演愈烈,12 月初大学生马里克·乌斯基纳被警察殴打后死去,政府随后撤销了法令。
② 《费加罗报》的记者。

幅后面:马里克·乌斯基纳。政府撤销了这条法令,示威者们回到了大学和中学里。他们是务实的。他们不想改变社会,只要它不在他们获得一个好位置的道路上制造障碍。

城市永远在越来越向乡村扩张,使它覆盖着新的村庄和玫瑰花,这里没有菜园和家禽,禁止狗到处乱逛。高速公路把景色划成了方块,在巴黎周围错综复杂地形成了一种空中的"8"字形。人们在装有大玻璃窗、备有乐曲的安静而舒适的汽车里度过越来越多的时间。这是一种临时住所,越来越适于个人和家庭,那里是不容陌生人进入的——便车没有了——我们在里面唱歌、争吵,一边注视着道路而不去看车上的人,一边说着悄悄话,回忆着。一个既开放又封闭的地方,在我们超越的汽车里的其他人的存在仅仅是一个转瞬即逝的轮廓,是一些没有实体的存在。除非发生了事故他们像玩偶一样倒在他们座位上的模样,会突然带来一种真实性,叫人毛骨悚然。

当独自以同样的速度长久地驾驶的时候,早就熟悉的动作的机械性使人丧失了对身体的知觉,似乎汽车是在自动驾驶一样。山谷和平原在一种辽阔的呈圆弧式的移动中向后逝去。我们只是透明的驾驶室里的一道一直看向移动的地平线深处的目光,一种充满太空的无边而脆弱的意识,外面是整个世界。我们有时意识到只要一个轮胎爆裂,只要有一个像《日常生活》[①]里那样的障碍,就会使那个世界永远消失了。

---

① 1970年上映的法国影片。

媒体上越来越狂热的气氛一直持续,使我们不得不想到总统大选,计算着离我们还有几个月和几个星期。人们更喜欢看法国电视一台的《动物模仿秀》①展出的动物,这个被最有教养的人——按照流行的区分标准是"粗俗但绝不庸俗"的、付费频道的《一无是处》的信徒——蔑视的节目,在听德西尔莱斯唱《旅行、旅行》②的时候梦想着下一次假期。现在我们已经足够害怕做爱,因为艾滋病不再像我们曾经以为的那样只是同性恋者和吸毒者的一种疾病了。从结束对怀孕的担心到害怕变成血清反应阳性,我们发现太平无事的时间太短了。

无论如何,与一九八一年相比,我们无精打采,既不期待也无希望,只想保住密特朗而不要希拉克。他是伯伯,令人放心,一个被打扮高雅的部长们包围的中心人物,右翼的人对他不再有丝毫畏惧。共产党逐渐衰弱,戈尔巴乔夫的改革和开放政策使它突然显得无比老迈,它依旧停留在勃列日涅夫的时代。勒庞是一个"绕不过去的"人物,记者们围着他转,有的对他着迷不已,有的则恐惧不安。有一半人认为是"他大声说出了法国人小声地想说的话",也就是说移民太多了。

---

① 《动物模仿秀》是法国一个讽刺性的电视节目,把政界要人塑造成为动物的形象。
② 德西尔莱斯(1952— ),法国歌手,《旅行、旅行》是八十年代最著名的迪斯科舞曲。

密特朗的再次当选使我们平静下来。与其在右翼治理下经常心烦意乱,不如在左翼治理下过什么都不用期待的生活。在不可逆转的日子里,这次总统大选不会成为一种令人震惊的参照点,只是一个春天的背景,这时我们已经知道了皮埃尔·德斯普治死于癌症,以及很久以来没有像格罗塞叶和杜克斯诺依这两家人①在一部似乎专门为密特朗拉票而拍摄的影片里那样笑过了。我们勉强还记得恰好接连出现的事件——黎巴嫩人质的释放,这件事情没完没了;在乌韦阿岛的山洞里对卡纳克②的屠杀——以及希拉克在电视辩论时要求密特朗直视着自己的眼睛,向他表明真实很可能是一个谎言③,我们先是不安,接着宽慰地看到密特朗没有像平常那样眨眼睛。

其实什么事情也没有发生,只是对贫穷进行了些许调整,推出了最低收入保障金,许诺重新粉刷居住区里的楼梯间——安排这类称为"边缘人"的生活,其实他们的人数很多。慈善行为制度化了。乞丐离开了大城市,来到外省超市的门口和夏天的海滩上。他们发明了新的技巧——交叉着双臂跪在地上,悄悄地低声讨一块硬币。塑料袋成了无依无靠的标志,新的空话比这塑料袋褪色得更快。"无家可归者"就像广告一样属于城市

---

① 著名影片《生活是平静的长河》中的两家人的姓氏,格罗塞叶家是没有多少知识的无产者,杜克斯诺依家是传统的天主教徒,两家之间发生了一连串滑稽的事件。
② 美拉尼西亚人,是新喀里多尼亚的土著居民,大多生活在北部和乌韦阿岛等岛屿上,1980年代曾为争取独立而斗争。
③ 希拉克要求密特朗直视他的眼睛并再说一遍希拉克是撒谎者,密特朗这样做了,但观众感到撒谎者是密特朗而不是希拉克,所以密特朗断定的真实很可能是一个谎言。

装饰的组成部分。穷人太多了,人们灰心丧气,为自己的无能为力而恼火,怎么能向所有的人施舍?为了心里轻松一些而在走过躺在地铁走廊里的一具具身体面前加快脚步,但这些身体的静止不动又使他们下不了决心。在国家的电台上,工业集团在抛出天堂的信息:欢迎来到罗纳-普朗克的世界,一个挑战的世界,我们寻思他们是在对什么人说话。

新鲜的事情来自东方。我们没完没了地为改革和开放这类不可思议的词语而沉浸在喜悦之中。我们对苏联的想象改变了,集中营和布拉格的坦克逐渐被遗忘,我们和西方相像的标志有:出版自由,弗洛伊德,摇摆舞和牛仔裤,"新俄罗斯人"时尚的发式和漂亮服装。我们期待着,盼望着什么呢?就是共产主义与民主、市场与列宁的计划经济的一种融合,一次会有好结果的十月革命。

一九八九年七月十四日,在灰蒙蒙的炎热的一天结束的时候,在沙发上看着让-保尔·古德①拍摄、由弗雷德里克·密特朗②画外解说的具有世界意义的国庆游行,我们觉得从奴隶制结束到格但斯克造船厂③,世界上发生的一切叛乱和革命都是我们造成的。我们的目光涵括地球上的一切民族,过去、现在和将要来到的——全都是而且永远是源自法国大革命的——一切斗争。在杰西·诺曼④穿着被人为的风吹起的蓝、白、红裙子领

---

① 让-保尔·古德(1940— ),法国著名摄影师。
② 弗雷德里克·密特朗(1947— ),法国演员、导演、作家。
③ 波兰团结工会的发源地。
④ 杰西·诺曼(1945—2019),美国黑人女高音歌唱家。

唱《马赛曲》的时候,我们被从前在学校里的一种感觉攫住了,一种对"历史"荣耀的追溯。

东德人越过了边界,为了让昂纳克①下台而举着蜡烛在教堂周围列队行进。柏林墙垮塌了。这是一个高速的时代,一些暴君在经过一小时审讯后就被处死,墓穴陈列着土灰色的尸体。发生的事情超出了想象,而我们的激动却跟不上现实。我们感到自己落在这些事件的后面,羡慕东德人能经历这样一些时刻。接着我们看到他们扑向西柏林的商店,他们灾民般的服装和旅行包引起我们的怜悯,他们缺乏消费的经验令人同情,然后这种集体渴望物质财富、不加节制和区别的景象使我们感到不快。他们并未达到我们为他们建立的、纯洁和抽象的自由的高度。面对这些桎梏下的民族时我们习惯感受的痛苦,变成了对他们运用自身自由的谴责和批评。我们更爱被剥夺了一切、排队买香肠和书籍的他们,以便品尝属于"自由世界"的幸福和优越感。

"铁幕后面"模糊地没有区别的世界逐渐被代之以一些具体的国家。莫里亚克说过他是那么喜爱德国,因而为有两个德国感到高兴,现在两个德国又合二为一了。响起了一阵政治末世论的喧哗,宣告了一种"世界新秩序"的出现。这段历史就要结束了,民主将扩展到整个世界。在世界的进程中,对新的信仰从来没有像现在这样坚定过。在三伏天的酷暑里,昏昏沉沉的假期安排受

---

① 埃里希·昂纳克(1912—1994),德意志民主共和国统一社会党总书记,国务委员会主席,是东德的最后一位领导人。

到了震荡。报纸头版的大号标题:《萨达姆·侯赛因入侵科威特》,令人回想起五十一年前的同一天的那个经常被转载的标题:《德国入侵波兰》。在短短的日子里,一阵好战的骚动席卷了跟在美国后面的西方列强,法国夸耀地展示"克雷孟梭号",并且考虑像在阿尔及利亚时代那样征召士兵。如果萨达姆·侯赛因不从科威特撤出,第三次世界大战无疑就会爆发。

现在有一种对战争的需要,似乎人们很久以来没有什么大事,羡慕那些他们只是作为观众在电视上看到的人。一种与古老的悲剧联系起来的欲望。由于有史以来最平淡无奇的美国总统的恩赐,我们要去与"新希特勒"作战。和平主义者被打发到慕尼黑去了。人们对被媒体简化了的各种事情欣喜若狂,确信炸弹技术的精密,相信这是一场"干净利落的战争",用"智能武器",进行"外科手术式的打击",一场"文明的战争",《解放报》这样写道。散发出一阵好战而又合乎道德的强烈气息。"惩罚萨达姆"是一场正义的战争、"有理的战争",而没有一个人说出来的,它也是和这个复杂的阿拉伯世界做个了断的合理合法的机会。那个世界的孩子们出现在我们的郊区,蒙着面纱的少女们不时地使人恼火,不过幸运的是他们这时保持着安静。

我们无法容忍为"沙漠风暴"所做的热情宣传,所以当我们看到密特朗出现在屏幕上,用苍白无力的声音宣扬"武器要说话了"的时候就与他决裂了,能让我们振作精神的,只有每晚的《信息木偶》[①]和每周的《肥胖的贝尔塔》。在寒冷多雾的一月,

---

① 法国付费电视频道上的讽刺性的新闻节目。

街道僻静无人,电影院和剧院空荡荡的。

萨达姆许诺断言有一位神秘的"战斗之母"。她没有出现。战争的目标模糊不清。炸弹在巴格达造成了成千上万的伤亡,没有人看见。在二月份的一个星期天,随着一些溃败的伊拉克士兵迷失在沙漠之中,战争状态不体面地停止了。爆炸声渐渐稀少但并未消失,"魔鬼"萨达姆·侯赛因始终还在,伊拉克船只被禁止出港。我们受到了任凭自己受人迷惑的凌辱,让自己的思想和感情在一些日子里被美国有线电视新闻网的宣传捏造的虚构所支配的屈辱。我们不想再听到谈论"世界新秩序"了。

我们不再想起的苏联,随着一些顽固的老斯大林主义者的一次失败的政变而在一个夏天又睁开了双眼。戈尔巴乔夫声誉扫地,靠着一个神奇地突然出现在一辆坦克上面、像自由的英雄一样受到欢呼的小眼睛的莽汉,混乱局面在被公布的几个小时里就被消除。事变进行得非常迅速,苏联消失了,变成了俄罗斯联邦,总统是鲍里斯·叶利钦,列宁格勒重新被称为圣彼得堡,要在陀思妥耶夫斯基的作品里认出它就更方便了。


女性从来没有像现在这样构成一个受监控的群体,其行为、趣味和欲望成了一种话语的持续关注对象,吸引着一种不放心而又得意扬扬的注意力。她们以"什么都得到了""无处不在"和"在学校里比男孩子优秀"而著称。像往常一样,她们解放的标志要在她们的身体里、她们在服装和性方面的大胆里去寻找。让她们说"盯汉子们的梢"、泄露她们的性幻想和在《她》杂志里相互询问是否"床上功夫好",是她们有自由和与男人平等的证据。各种广告孜孜不倦地展露着她们的乳房和大腿,应当被视作一种对美的敬意而得到褒奖。女权主义是一种报复性的并不幽默的陈旧的意识形态,少妇们不再需要它,而是带着优越感看待它,并不怀疑她们的力量和平等。(然而她们读的小说总是比男人多,似乎需要赋予她们的生活一种想象的形式。)一家为女性办的报纸的标题是"感谢男人爱女人"。她们的斗争渐渐被遗忘了,这是唯一没有被公开唤醒的记忆。

有了避孕丸,她们变成了生活的主人,这是不能公开传播的。

我们曾在厨房里流产,离婚,相信解放自己的努力有利于他人,而如今我们精疲力竭。我们不知道是否有过妇女革命。我们在五十岁以后仍有月经,它的颜色和气味与从前不一样,是一种引起错觉的血。不过这种能够保持到死去为止的规律的音步使我们放心了。我们像十五岁的女孩那样穿着牛仔裤和短裤,T恤衫,在谈到我们现在固定交往的情人时像她们一样说着"我男朋友"。随着衰老我们不再有年龄。听着怀旧电台上的《唯有你》或者《喀普里已过去》,一种青春的柔情侵袭着我们,眼前的一刻越来越放大,一直追及我们的二十多岁。与我们在绝经期里自我封闭和令人厌烦的母亲相比,我们觉得自己赢得了更多时间。

(年轻的女人们梦想让一个男人依恋上自己,有过一个男人的五十岁以上的女人就不再想这样做了。)

孩子们,特别是男孩子,感到很难离开原本的家,装满的冰箱,洗过的衣物,童年时做各种事情的嘈杂声音。他们在我们隔壁的卧室里无比坦率地做爱。他们置身于一段漫长的青春期里,世界并不等待着他们。而我们呢,在哺育他们、继续关心他们的同时,我们感到一直生活在同一段时间里,没有断痕。


这是一个女人在长满荆棘的花园里拍摄的下及髋部的正面照片。金褐色的长发披散在一件豪华、宽敞的黑色大衣的领子上。一块与大衣相比窄得奇怪的、糖衣杏仁般的粉色头巾的一角垂在左肩上。她把一只常见的那种黑白花纹的猫抱在怀里,微笑着注视镜头,头微微侧着,摆出一种充满柔情的诱人姿势。嘴唇显得很红,大概是被与头巾相配的唇膏衬托的缘故。分发线处的发色更浅,表明长出了新的头发。面孔椭圆丰满,高高的颧颊以它们的活力与眼袋和额头上的细网般的皱纹形成了对照。宽敞的外套使人看不出胖瘦,不过露在袖子外面抱住猫的双手和手腕是瘦削的,关节嶙峋。这是一张冬天的照片,苍白的阳光照在面孔和双手的皮肤上,干枯的草丛,光秃秃的树枝,模糊的背景上长着植物,远方有一排楼房。背面写着:塞尔日,一九九二年二月三日。

她给人以一种有分寸的洒脱、像女性杂志为四十至五十五岁的妇女所说的"完美"的印象。这张照片是在她独自和这只猫——事实上是一只一岁半的母猫——生活的房子下面的花园里拍摄的。十年前她和丈夫、两个青春期的孩子还住在这里,她的母亲也时不时来住。她是这个圈子的中心,从决定洗床单到预订度假的旅馆,没有她这个圈子就没法运转。现在她的丈夫在远方,再婚后有了一个孩子,她的母亲死了,儿子们住在别的地方。她平静地看着这一切的丧失,似乎这是一个不可避免的过程。当她到欧尚购物的时候,她不再需要小推车,只拿一个筐就够了。只有在周末儿子们回家的时候,她才恢复了养育者的功能。除了她的工作、上课和批改作业的义务之外,她的时间都用于安排自己的兴趣和欲望,读书、看电影、打电话、书信往来和谈情说爱。当她处在婚姻和家庭生活中时,她时刻有一种对其他人物质和精神上的操心,这种留意如今已离她远去了,代之以一种更为轻松的、对人类事业的关注。在这种解除了一切束缚和开辟了一切可能性的情况下,她感到自己与《她》或《玛丽·克莱尔》为中上流阶层的三十岁女性勾勒的那个时代节奏重合了。

她有时会在浴室的镜子里观察自己的裸体,上身和微小的乳房,非常明显的腰身,微微隆起的肚子,膝盖以上鼓起的臃肿的大腿,现在由于毛不再那么多所以看得很清楚的生殖器,一条与色情片里展示的相比显得很小的缝。腹股沟附近有两条蓝色的纹路,是妊娠和发胖留下的痕迹。她感到吃惊:这就是那个她在将近十六岁时停止长大以后的身体。

在她温柔地注视着镜头的此刻——大概是一个男人在拍照——她自以为像一个三年前体验过对一个俄罗斯男人的强烈激情的女人。她充满欲望和痛苦的心态消失了,她始终感觉得到那种状态的形式,不过这个男人的面孔变得越来越遥远和悲痛。她要回忆当他离开法国的时候,她是如何想起他的,那么多的画面淹没了她,把他的存在封存在她的内心,就像封闭在一个圣体柜里一样。

她记得母亲的眼睛、双手、轮廓,声音记不清了,即使记得也是有些抽象的,不实在。真实的声音消失了,她没有留下它的任何物质的痕迹。但是一些话却经常自动地涌到她的唇边,那是她的母亲在同样的环境里使用的一些表达方式,她不记得自己以前用过,"天气湿乎乎的","他跟我说话没完没了","人人都轮得到,就像去做忏悔",等等。似乎她的母亲在通过她的嘴巴说话,而和母亲在一起的有整整一个世系的人。别的时候会突然冒出一些母亲在患老年性痴呆期间所说的、说明她精神不正常的胡言乱语:"你把抹布拿来给我擦屁股。"刹那间她体会到了母亲的身体和存在。与前面那些被反复使用的话不同,这些话是唯一的,永远属于世界上唯一的人、她的母亲的特权。

她几乎从来不想她的丈夫,不过她身上有着他们共同生活和他给予她的趣味的烙印,巴赫和宗教音乐,早晨喝的橙汁,等等。当那段生活的一些画面——例如她在阿纳西的老区商店里兴奋地寻找做年夜饭的东西,那时她二十五岁,是他们第一次和孩子一起过圣诞节——浮现在她面前的时候,她暗想:"我还会想到那里去吗?"她想说不,可是她知道这个问题没有意义,任何用于过去事物的问题都没有意义。

她在大型超市的收银台等着付款的时候,有时会想起她每次都这样拿着一个装着或多或少食品的筐排队。她看到一些女人的模糊轮廓,单独一人或者带着围着小推车绕圈的孩子,那些女人并无面孔,只是发式——一个下垂的发髻,短发,中长发,垂在额前的头发被剪成方形——和服装——七十年代超长大衣,八十年代的黑色的中长大衣——不同,正如她的一些翻版,像被一个个拆散、零零落落的俄罗斯套娃。在十年或十五年之后,她又出现在这里,筐里装满了给尚未出生的孙辈们的糖果和玩具。这个女人在她看来,就像二十五岁的她去看一个四十岁的女人那样觉得不现实,她甚至无法想象有朝一日会是这个岁数,而现在她已经不止这个岁数了。

失眠的时候,她试图仔细地回忆她睡过的房间,她在十六岁之前与父母共住的房间,大学城的寝室,阿纳西的面对公墓的套间。她把门当做出发点,有条不紊地沿着墙壁重新走了一遍。突然出现的所有物品都与一个动作、一件特殊的事情有关,在她担任辅导员的夏令营房间里,镜子挂在盥洗盆的上面,辅导员们用钻石釉牌的红色牙膏在上面写着"婊子万岁",罗马房间里每当她开灯时就会有向她放电的蓝灯。她在这些房间里看到的自己,从未像照片那样清晰,而是像收费频道上放映的一部影片里那样模模糊糊,一个轮廓,一种发式,一些动作:向窗户俯下身去,洗头发;一些姿势:坐在书桌旁边,或者躺在床上;往往重新感觉到自己在她从前的身体里,但不是像在梦里那样,而是在一个充满荣光的身体里,被认为在死后会复活的天主教徒的身体里,既无痛苦也无快乐,不冷不热也不想小便。她不知道要在这些回忆里寻找什么,也许由于对物品的回忆积累太多,重新变成了在这个或那个时候的她。

她想用一种叙事的连贯性,即从她在第二次世界大战出生直到今天的生活的连贯性,把她的这些各种各样分开的、不协调的画面集中起来。这就是一种独特的但也是融合在一代人的活动之中的生活。在开始的时候,她总是在同样的难题上遭到挫折:怎样同时表现历史时间的流逝,事物、观念、习俗的变化和这个女人的内心,怎样使得四十五年的宏伟画卷与对历史之外的自我追寻相互吻合,那个自我属于一些暂停时刻,她在二十岁时为它们写作《孤独》等诗歌。她的首要困扰,是在"我"与"她"之间进行选择。在"我"里有着过多的稳定性,某种狭隘的、令人窒息的东西;在"她"里有着过多的外在性和疏离感。她对她尚未写出的作品的印象,它应该留下的印象,是她从十二岁时对《飘》,后来对《追忆似水年华》,最近对《生存与命运》的阅读中保留的印象,一种阳光和阴影在一些面孔上的流逝。然而她没有发现达到这一点的手段。她希望,偶然性提供的即使不是一种启示,至少也是一个标志,就像浸泡在茶里的玛德莱娜小点心对于马塞尔·普鲁斯特一样。

但未来比这本书更丰富:是下一个令她浮想联翩的男人,是买新衣服,是等待,一封信,一通电话,一条答录机上的留言。

世界上各种事件的刺激消退了。出乎意料的事情令人腻烦了。某种捉摸不透的东西控制着我们。经验的空间失去了它熟悉的轮廓。在悠悠的岁月里,那些我们用来作为标记的年份,一九六八年和一九八一年,被淡忘了。新的分界线是柏林墙的倒塌,用不着说日期。它并不标志着历史的结束,而只是我们能够叙述的历史的结束。

中欧和东欧国家——迄今为止在我们有关地理的想象中没有它们的位置——似乎在不断地按"种族"进行划分,因而不断增加,这是有别于我们和严肃国民的术语,它传播着一种迟钝,证据就是各种宗教的复苏和排斥异己。

南斯拉夫到处在烧杀抢掠,看不见的射手、狙击手的子弹划穿了所有的街道。尽管炮弹争先恐后地炸死行人,把古老的桥梁化为尘土,即使过时的"新哲学家们"不断地警告和吃力地重复着"萨拉热窝离巴黎只有两个小时"来让我们羞耻,但我们疲惫至极,在海湾战争中已经过分激动和不合时宜了。良心退缩了。我们埋怨克罗地亚人、科索沃人等等不学我们的样子,而是像野蛮人那样互相杀戮。我们感觉到与他们并非来自同一个欧洲。

阿尔及利亚浸在血泊之中。阿尔及利亚人,他们也没有好好地利用他们的自由,不过在很久以前,似乎从他们独立开始我们就决定一劳永逸地不再考虑这个问题。我们更不想关心在卢旺达发生的事情,因为在胡图族和图西族当中,没法区别谁是好人谁是坏人。很久以来想起非洲就头脑发晕。大家心照不宣,都认为它处在我们之前的一个时代,具有野蛮的风俗习惯,还有一些在法国拥有城堡的权贵,而它的灾难似乎永无尽头。这是令人气馁的大陆。

投票支持或反对《马斯特里赫特条约》①是一种抽象的姿态，我们甚至差点儿忘了履行，尽管一个名叫"精英人物"的压力集团②下了各种指令，我们看不出为什么它在这个问题上比我们更有经验。位置显眼的人决定应该怎么想和怎么做，这已经成了习惯。右翼当然会在三月的立法选举中击败左翼，然后与密特朗再次共治。这是一个精疲力竭的老人，目光灼灼的眼睛深陷，声音沙哑，宛如一具坐着的国家元首的遗体，他承认患有癌症并且有个私生女，标志着他放弃政治，迫使人们在他身上除了妥协和诡计之外，看到的只是"来日无多"的可怕形象。当他的前总理贝雷戈瓦③在卢瓦尔河边向头上开枪自杀的时候，他还有力气指责记者是"狗"，但我们很清楚那位小个子的俄罗斯人的自杀不是因为一套房子，而是因为他在金子面前背叛了他的出身和理想——为了待在里面而奴颜婢膝地忍受了一切屈辱。

社会的失范蔓延开来。语言越来越与现实脱节，似乎成了一种智识区别的标志。竞争性、暂时性、可雇用性、灵活性疯狂地流行。我们生活在一些被洗干净的话语里。我们几乎不听这些，遥控器缩短了无聊的时间。

对社会的表现按"题材"来区分：优先的是性的题材：夫妻

---

① 又叫《欧洲联盟条约》，1991年12月，欧洲共同首脑会议上通过的以建立欧洲经济货币联盟和政治联盟为目标的条约。
② 指一些在电台和电视台上力图说服观众的政治家、经济学家和记者等。
③ 皮埃尔·贝雷戈瓦(1926—1993)，法国政治家，总理(1992年4月—1993年3月)。

交换,变性者,乱伦,恋童癖和在海滩上裸露的乳房,不管人们是赞成还是反对,就这样把一些大多没有亲自体验过的现象和行为放在他们的眼前,无论人们同意还是拒绝,即使不把它们当作公理,也会觉得是如今广为流行的事了。女读者的匿名信、《哈啰,玛莎》①夜间节目吐露的知心话,体现在一些我们的目光离不开的、用特写镜头表现的肉体和面孔里,我们惊异于有那么多人敢于向无数观众叙述他们隐秘的经历,为同样知道别人的生活而高兴。社会现实是一阵被广告的满足感、民意测验和交易所的行情——"经济重新健康发展"——所掩盖的脆弱的喧哗。

关在鲁瓦西的阿尔卡德旅馆里,被帕斯卡法令最大限度地拒绝入境的,必然是来自第三世界和前东方集团的人,他们如今被"偷渡者"这个富有威胁性的名号统称。我们忘记了"别碰我的伙伴","移民,法国的财富"。必须"为反对非法移民而斗争","保持民族的团结一致"。米歇尔·罗卡尔关于世界贫困的话,像一个诱人的明显事实那样流行,大多数人都明白无法说出来的言下之意,就是像这样移民已经够多了。

在被拒绝的观点之中,有人认为我们进入了移民社会。多年来人们依然相信堆积在城市边缘的黑非洲和马格里布的家庭只是暂时的,有朝一日它们会带着一帮孩子回到它们来的地方,留下异国情调和怀念的痕迹,就像所有失去的殖民地一样。他们现在知道这些家庭要待着不走了。"第三代"犹如一个新的移民浪潮,一种国内移民,它不断膨胀和包围着城市,完全占据

---

① 《哈啰,玛莎》是一档深夜电台节目,创立于1977年,主要内容大部分是通过电话收听听众的自白。

了市郊的中学,全国就业办事处,巴黎北部地区高速铁路网和十二月三十一日的香榭丽舍大街。一种危险的居民,被正式命名为"出自移民的年轻人",在日常生活里称为阿拉伯人和黑人,更合乎道德的称呼是波尔和 Blacks①。它的存在永远被忽略,而且总是受到监视,直至它的想象力——我们恼火的是它转向了别的地方,转向阿尔及利亚和巴勒斯坦。他们无论是电脑程序员、秘书还是保安,他们自称为法国人这一点,在其他人看来总有些不宜声张的荒唐可笑,似乎这是一种被篡夺的、他们还没有资格得到的荣誉头衔一样。

经商的空间日益扩大,数量成倍增加,长方形的混凝土建筑物蔓延直至乡村,上面插着从高速公路上就看得见的广告牌。那是一些无甚柔情可言的消费场所,购买行为简化到了枯燥无味的程度,苏联式的建筑群里的每一栋都包括数量惊人的、同一种类的可以获得的全部物品,鞋子,衣服,应急修理用品,和一家奖励孩子们的麦当劳餐厅。附近的超市摆放着两千平方米的食品和产品,每一类都有十来个商标。采购物品变得需要更多的时间,会带来更多的麻烦,对于那些每月只有最低工资可以花费的人来说更是如此。西方财富的充足体现在一排排平行放置的看得见和摸得着的货物上,从中央通道往上看,目光会迷失在其中。不过我们很少抬起头来。

这是一个立刻就会使人前所未有地激动的地方,好奇心,惊

---

① 英语:黑人。

讶,困惑,羡慕,反感——在冲动与理性之间进行着迅速的斗争。在一个星期当中,这是一个下午散步的目的地,退休夫妇的一次外出的机会,来慢慢地装满他们的筐子。星期六,全家人汇集在这里,懒洋洋地享受着接近想买的物品的乐趣。

不同的日子会使人感到快乐或烦躁、轻松或沉重,购买物品——我们后来会说"省不掉的"——越来越像磁石一般影响生活。在听苏松的最新歌曲《感伤的人群》的时候,似乎我们凝视着一百年之后的自己,就像那时候的人看着我们一样,因而我们为丝毫改变不了控制我们的一切感到忧伤。

然而我们在购买一种新电器时很不满意,"之前没有这个我也活得很好",为了这些东西,我们不得不麻烦地看说明书,学会如何操作,在其他吹嘘它如何好用的人——"你会看到有了它生活就变样了"——的压力之下,最终使自己屈从于这种努力,似乎这是为了获得更多的自由和幸福而必须付出的一种代价。第一次使用时惶惶不安,接着就产生了一些陌生的感觉,刚刚产生就由于适应而消失和被遗忘了:在电话答录机上听到人声时的惶惑,它们可以像东西一样储存,而且能够听上十次;兴高采烈地看到刚刚写好的情话打印在传真机的白纸上,这种不在身边的人就在我们面前的奇异感觉是如此强烈,以至于我们没有摘下听筒,任凭答录机说个不停时就会有一种负罪感,我们在旁边紧张得一言不发,陷入发出声音会被听到的想象出的害怕。

即使宣布了人人"都来用计算机",我们却不想拥有一台电脑。这是第一件我们在它面前感到低下的物品。我们羡慕地任凭别人去控制它。

在列举的一切恐惧中,对艾滋病的恐惧最为强烈。从埃尔维·吉贝尔①到弗雷迪·梅居里②——在他最后一盘录像带里露着兔牙、比以前都英俊得多——的著名的垂死者的憔悴而变形的面孔,显示着"灾难"的超自然的特征,是对这个千年之末进行诅咒的第一个标志,一种末日审判。我们避开那些血清反应阳性的人——世界上有三百万——而国家用充满道德感的广告短片来说服我们不要把他们当成被人躲避的鼠疫患者。艾滋病的耻辱取代了被遗忘的、未婚先孕的少女的耻辱。被怀疑得了艾滋病就已值得谴责,伊萨贝尔·阿佳妮③患了艾滋病吗?只要去做普查就是可疑的,相当于供认了一种说不出口的错误。我们到医院里去挂个号偷偷地做检查,不看候诊室里的其他人。只有十年前被输血感染的人有权利得到同情,部长们和一个医生因"血液污染"而在特别最高法庭④受审,人们在欢呼的同时也消除了对他人血液的恐惧。然而归根结底,我们都适应了。我们养成了在口袋里放一个避孕套的习惯。我们不把它拿出来,因为使用它的想法一下子显得像是多此一举,是对性伴侣的一种侮辱——但事后立刻就后悔了,进行测试,等待结果,相信自己就要死去。看到结果是没有感染,活着,在街上走着,这就

---

① 埃尔维·吉贝尔(1955—1991),法国作家及摄影家,死于艾滋病。
② 弗雷迪·梅居里(1946—1992),英国音乐家,"皇后乐队"主唱和团长,死于艾滋病。
③ 伊萨贝尔·阿佳妮(1955—    ),法国女影星。
④ 由法国议会推选组成的法庭,受理总统及部长的渎职罪行。

是一种无可名状的美和财富。但是在忠诚与避孕套之间必须做出选择。就在必须以各种方式来享受乐趣的时刻,性自由重新变得难以实行了。

青少年在弗恩①电台上听着多克和迪弗尔②,他们在体验性的同时保守着秘密。

法国的失业者和全世界的血清反应阳性者一样多。在教堂里,在塑像脚下的请愿书的书页上写着"让我的父亲找到一份工作"。所有的人都在要求结束失业,这是另一种"灾难",没有人相信它真能结束,这变成了一种不合理的希望,一种在这个世界上实现不了的理想。(和平、恢复经济、减少求职者的)"强烈"信号比比皆是,通过一些握手——阿拉法特和埃胡德·巴拉克的握手——导演出来。无论真假,我们都不感兴趣。什么都比不上这种幸福,晚上在人群中最先挤上巴黎地区高速铁路网塞得满满的地铁车厢、在中央的通道上推进到最靠近座位的地方之后,再站着等上三站,终于能够坐下和闭上眼睛——或者做填词游戏了。

使人们如释重负的,是为无固定住所者找到了一种没有用处的工作:出售《路灯》《街道》,一些内容像卖报者的服装一样过时、我们看都不看就扔掉的报刊。这是一种徒具其表的活动,能使人把他们分成两类,一类是渴望工作的无固定住所的好人,

---

① 1985年为年轻人创立的电台。
② 两个最著名的主持人的化名。

另一类则不是,整天躺着醒酒,要么在地铁站内的长椅上,要么在外面的长椅上,旁边陪着他们的狗。夏天他们向南方迁移。市长们禁止他们躺在保障贸易的正常运转的步行街上。一些人死于冬天的严寒或夏天的炎热。

总统大选来到了,我们并不希望(集体的,仅此而已)生活因此受到干扰,密特朗也已耗尽了我们的希望。本来可能使我们高兴的唯一的人是雅克·德洛尔①,如果他没有在使我们等待很久之后退出竞选的话。这不再是一件大事,这是一个游戏般的插曲,一次演出,其中在电视上出镜最多的演员有相当平庸的三个,两个是阴沉的——自高自大的巴拉杜尔②和不乐意的若斯潘③——一个是疯傻的烦躁症,希拉克,似乎大选的庄重和严肃也随着密特朗一起消失了。以后我们记起来的与其说是各位候选人及其演说,不如说是每天晚上在付费频道看到的他们的傀儡形象:若斯潘是一个不会伤人的溜溜球,坐在一辆行驶在一个美妙村庄里的弯路上的小车里;希拉克是穿着棕色粗呢长袍的皮埃尔神父,萨科齐是阴险的叛徒,在患甲状腺肿的巴拉杜尔面前卑躬屈节地弯腰曲背,罗贝尔·于④背着一个七十年代的斜挎包,被年轻人当做小丑,我

---

① 雅克·德洛尔(1925—2023),欧盟前主席,法国前总理。
② 爱德华·巴拉杜尔(1929—  ),法国政治家,总理(1993—1995)。
③ 利奥内尔·若斯潘(1937—  ),法国政治家,1997年任总理。
④ 罗贝尔·于(1946—  ),法国共产党总书记(1994—2001),主席(2001—2003)。

们还会听到流行歌曲,另一幕傀儡短剧《夜的节奏》的木偶们随着乐曲狂蹦乱跳。我们什么都不相信,但是当我们从记者们喜气洋洋的脸上猜测到希拉克当选了的时候,我们看到穿着得体的年轻人和富人区的夫人们高兴得大喊大叫,我们明白重大的时刻结束了。这是盛夏的天气,一家家人在咖啡馆的露天座上待到很晚,明天放假,简直可以说大选没有发生过。

必须使劲听希拉克的讲话才能意识到总统是他,而不是我们习惯的密特朗了。和他一起在时代的背景下不知不觉地流逝的岁月凝结成了一个整体。十四年,我们没想到已经老去了这么多。年轻人并不计算,他们也没有这种感觉。密特朗是属于他们的戴高乐,他们和他一起长大,十四年,这已经够多的了。


九十年代中期的一个星期天的中午,我们把快要三十岁的孩子们及其男女朋友——和前一年来的不是一批人,他们是一个家庭圈子里的男女过客,刚刚进来又出去了——集合到餐桌上,围着一只羊腿——或者任何一种我们知道他们没有时间、吃不起或者不会做、除了在我们这里就不会吃的菜——和一瓶圣朱利安葡萄酒或者一瓶夏萨涅-蒙拉歇白葡萄酒①——以便培养这些喝惯了可口可乐和啤酒的人的趣味。过去的事使人不感兴趣。交谈由男性的声音占主导,最严肃的话题是他们的"电脑"②的性能——在这个保留着自行车意思的术语下面,我们费

---

① 法国科多尔省蒙拉歇葡萄种植区出产的世界名酒。
② 原文的意思是自行车,但在年轻人的行话里指电脑。

了半天劲才明白他们说的是一台电脑——还有对 PC 和 Mac 的比较、"内存"与"程序"的比较。我们宽厚地等着他们说完令人扫兴的、我们不想弄清楚的行话,回到共同话题上来。他们提起《查理周刊》最近一期的封面,最近播送的《画面评论》①《X 档案》②系列节目,列举了一些美国和日本的影片,建议我们去看《人咬狗》③和《落水狗》④,他们热情地讲起了第一个场景,亲切地嘲笑我们在音乐方面的审美,"简直是掉渣",提议把阿尔蒂尔·伊热兰⑤最新的歌曲带给我们。他们用付费频道上皮偶戏里的嘲讽、平时从《解放报》得来的消息来评论现状,用一种确定无疑的事实来拒绝怜悯个人的不幸:"家家都有一本难念的经。"他们与世界保持讽刺性的距离。他们敏捷而巧妙的回答、灵活的口才使我们赞叹不已,也使我们很失面子,担心显得笨拙和迟钝。在与他们的接触中,我们更新了自己有关年轻人流行词的储备库,他们慎重地把用法教给我们,使我们能够把"我惊傻了""一个哎哟喂的玩意儿"纳入我们的词典里,对一切事物和他们有同样的表述。

我们怀着一种临时保姆的满足心情看着他们吃饭,所有的东西都吃了再吃。后来喝香槟酒的时候,他们又回忆起童

---

① 法国电视五台的节目。
② 二十世纪九十年代美国著名的电视科幻系列剧。
③ 比利时 1992 年上映的关于校园杀手的影片。
④ 美国 1992 年上映的警匪片。
⑤ 阿尔蒂尔·伊热兰(1966— ),法国歌手。

年和青少年时代的电视节目、产品和广告、服装的时尚。他们列举了风雪帽,长裤膝盖上磨损处的补丁,味道不错的金枪鱼,SFA 自处理马桶,三只小猫船形饼干,《疯狂大赛车》①《小丑吉里》,泽古②,老瑞和哈迪③的小画片,等等。他们比赛着看谁能说出得更多,在对一个共同生活过的时期里的物品的追溯中相互竞争,这是一种无穷无尽和无关紧要的、使他们重新显得孩子气的回忆。

下午的阳光发生了变化。原本连续不断的亢奋浪潮之间出现了空当期。提议玩一个组字游戏会引起争论,所以被很有分寸地避开了。在咖啡和香烟——印度大麻心照不宣地不拿出来——的气味中,我们感受到一种日常仪式的温馨,它曾经使我们无法忍受,以致想一去不返地躲开——如今除了夫妇的决裂之外,还有祖父母的去世,亲人的分开已成常态。在这个一九九五年春季的星期天,我们用一块白色的桌布、银餐具和一块肉保障了这种温馨的延续。我们看着和听着这些变为成年人的孩子,意识到把我们联系在一起的既不是血统也不是基因,而只是几千个在一起的日子、说话和举动、食物、开车度过的旅程、大量没有清晰痕迹的共同体验。

他们在我们面颊上亲吻四次后离开了。晚上,我们回想起他们带着朋友在我们家里吃饭时的快乐——为还能满足他们最古老和根本的需要——也就是食物而高兴。我们相信自己在他们那个年龄比他们更强,觉得他们在一种不确定的未来中是脆

---

① 美国动画连续剧,1968 年起发行。
② 弗朗西斯·泽古(1953—  ),电视节目主持人。
③ 早年的一对英美喜剧明星。

弱的,因而进一步加强了我们无尽的担心。


在七月末的炎热里,我们获悉在圣米歇尔车站爆炸了一颗炸弹,显然暴行随着希拉克又重新出现了。我们的反应又是给亲友打电话,在听到他们的声音之前,都确信在他们可能存在的所有地方当中,命运就在此刻把他们放进了那一班 B 号线巴黎地区高速铁路网的车厢里。有些人死了,有些人受伤,腿被炸断了。然而八月份大规模的度假开始了,我们不想自寻烦恼。我们在地铁走廊上行进的时候,有个声音在嘱咐我们举报无主的包裹——要求每位旅客都把我们的命运托付给保安措施。

几个星期之后,圣米歇尔淡出了我们的记忆,一些奇怪地混杂着可米压力锅、钉子和洗气瓶的谋杀行为被止住了,我们像看电影那样注视着对里昂郊区的一个青年——"神秘的凯尔卡尔"——的围捕,以及他连一句话都没说出来就死于警察的枪弹之下。夏令时第一次延续到十月末为止,这是一个炎热和充满阳光的秋天。除了受害者的家人和幸存者之外,谁还记得圣米歇尔车站的死者,他们的名字没有写在任何地方——大概是为了不要吓坏已经因"由于技术故障""旅客们的严重事故"造成的迟到而那么紧张的旅客。雷恩街道上的死者已经去世了九年,罗西埃街道上的则还要更久远,而这场事故的死者已经比他们更快地被遗忘了。这些事实在被叙述之前就已经悄无声息。

越来越无动于衷。

商品、广告短片的世界,与政治演说的世界在电视上共存,它们不会汇合。支配前一个世界的是便利和让人快乐,在后一个世界里则是牺牲和束缚,以及一些越来越具有威胁性的用语:"贸易的世界化","必须现代化"。我们花工夫把朱佩计划①转译为日常生活的画面,就明白了人家是在欺骗我们,还指责我们不是"务实的人",但是我们已经受够了这种非常傲慢和充满优越感的方式。退休金和社会保险,这是国家最后的补助,在被夺走的一切中是一个固定点。

铁路和邮局的职工停止了工作,还有教师们、所有的公共部门。混乱不堪的交通阻塞在巴黎和其他大城市里比比皆是,人们购买自行车用于出行,在十二月份的夜里排成匆忙的队列行进着。这是一次冬季的和成年人的、忧郁而平静的罢工,没有暴力也没有狂热。我们又恢复了大罢工期间七零八落的时间节奏,习惯的迟到,各种临时的指点安排。所有的身体和姿势都带有神话色彩,在既无地铁又没有公共汽车的巴黎,坚持不懈地步行是一种难以忘记的行为。在里昂火车站里,皮埃尔·布尔迪厄的声音把一九六八年和一九九五年连接在一起。我们又相信了。一些新词汇在悄悄地激发热情,一个"另外的世界",成为"社会欧洲"。人们一再说他们多年来都没有相互这样说过话了,并且为此赞叹不已。罢工与其说是行动,不如说是话语。朱佩撤回了他的计划。圣诞节来到了。应该苏醒过来,该去思考礼物的事,回归耐心。十二月

---

① 阿兰·朱佩(1945— ),法国政治家、总理(1995—1997),朱佩计划是他提出的在社会保障方面进行改革的计划。

份的日子一天天过去,它们没有形成一份叙述,只留下了一群人在夜里走动的印象。我们不知道这是本世纪最后的大罢工还是一种觉醒的开始。对我们来说,某种事情开始了,我们回想着艾吕雅的诗句:他们只是一些人/在整个世界上/每个人自以为孤独/他们突然成了人群。

在尚未发生的事情与已经发生的事情之间,意识短暂地空白了一段时间。我们不解地注视着《世界报》头版上的巨大标题:弗朗索瓦·密特朗去世。人群又像十二月份那样,夜里在巴士底狱广场上集合起来。我们仍然需要在一起,而这就是孤独。我们又想起了一九八一年五月十日的晚上,在希农堡的市政厅里,密特朗在得知他当选共和国总统之后喃喃自语:"好一个故事啊!"

我们被深深地触动了。恐惧、愤怒、欢腾的浪潮,装点着平淡无奇的日程。由于未来十年里将使无数人死去的"疯牛病",我们不再吃肉了。没有身份证件的人躲藏在教堂里,教堂大门被斧子砍穿的画面引起了公愤。突然感觉到的极不公正的行为,感情或良心的冲动,叫人们排成行冲上街头。十万示威者兴高采烈地游行,反对便于驱逐外国人的德布雷法令,在他们的背包上佩戴着一个带有一个黑色的手提箱和"轮到谁了?"这个问题的徽章,他们回家后就把它放在抽屉里作为纪念。我们在一些已经忘了动机的请愿书上签名,而且即使签了名,谁是这个阿布-雅梅尔①也很难说得清楚。人们很快就厌倦了。感情用事与迟钝无力、抗议与赞成相互交替。"斗争"这个词已经失去价值,"捍卫"首先是指捍卫消费者。

一些感觉被废弃了,我们不再体验,觉得它们属于劣等的时代和被愚弄的人民,例如爱国主义和荣誉感,再去体验它们就显得荒谬了。经常被引用的耻辱、辱耻②,不再是从前的那个样子,而只是一种临时的气恼,自我短暂的受伤——尊重,首先是需要别人来承认这个自我。"善良"和"老实人"再也听不到了。从前是为自己做了什么事情而自豪,现在自豪是因为我们是什么:女人、同性恋者、外省人、犹太人、阿拉伯人,等等。

最受鼓励的感觉是一种隐约的危险感,它的模糊形象是"罗马尼亚人",郊区的"野孩子",抢劫背包的小偷,强奸犯和恋童癖,棕黑皮肤的恐怖主义者;场所则是地铁走廊,火车北站和塞纳-圣德尼省。电视一台和M6台的节目,高音喇叭的通告:"小心扒手可能在这个车站作案","举报一切无主的包裹",都在证明着这种感觉的真实:不安全。

这种同时置身于停滞和变化之中的印象没有确切的名称。由于无法理解发生的事情,一个词开始广为流传,"价值"——没有详细说明是哪些价值——就像一种对年轻人、教育、淫秽作

---

① 穆米亚·阿布-雅梅尔(1954— ),美国黑人,1982年被判处死刑。因证据不足,音乐界曾为他举行演唱会,他自己也著书三册洗刷冤情,因而成为美国反抗运动的精神象征。
② 原文是耻辱一词的音节倒置,是再次强调这个词。

品、"民事互助契约"①草案、印度大麻和写错别字的普遍谴责。另一些嘴巴公开嘲弄这种"道德新秩序",这种"政治上正确"和"老一套",主张违抗权威,欢呼乌勒贝克②的犬儒主义。在电视的舞台上,各种语言波澜不惊地相互碰撞。

我们转向有米莱伊·迪玛③、德拉吕、女性主义报刊和《心理学》月刊不倦地抛出的对自我的解释,一种没有教人多少东西的知识,但它却批准他们把账归在各自父母的头上,也让他们在把自己的经历融合于他人经历的同时带来慰藉。

多亏希拉克解散国民议会的离奇可笑想法,左翼赢得了大选,若斯潘成了总理。这是对一九九五年五月那个失望的晚上的弥补,治愈最微小的隐疾,恢复了一些关注自由平等和宽容、根据我们的愿望来调整的措施:所有的人都有权利享受生活的美好事物,用全民普及医疗④保障健康,用三十五小时工作制来保证属于自己的时间,哪怕其余都不改变。因为我们是不会在右翼统治下度过二〇〇〇年的。

贸易秩序变得更为紧密,迫使人们接受它的呼吸急促的节

---

① "民事互助契约"是法国于1999年设立的一种新机制,其保障程度界于婚姻与同居之间。
② 米歇尔·乌勒贝克(1958— ),法国小说家,他的小说如《基本粒子》等以色情描写著称。
③ 米莱伊·迪玛(1953— ),法国电视节目女主持人。
④ 该法令要求医院和医生无条件地救助任何国籍和身份的病人,主要在于维护没有身份证件的移民的利益。

奏。一件件商品带着条形码，以渐增的轻捷从传送台落进购物推车，轻微的哔声响起，在一秒钟内悄无声息地取走了交易的费用。在孩子们去度假之前，开学用的物品就突然出现在货架上，诸圣瞻礼节的第二天就有了圣诞节的玩具，二月份就有了泳装。物品的时代吸引着我们，迫使我们总是提前两个月生活。人们奔向星期天的"特价营业"，从晚上直到十一点钟，打折季的第一天成了所有媒体争相报道的大事，"去赚钱吧"，"抓住推销良机"是一个毋庸争论的原则，一种义务。贸易中心及其大超市和商店长廊，成了生活的主要场所，由一些肌肉结实的保安保护的、没有暴力、怀着平静的喜悦没完没了地凝视商品的场所。祖父母们在这里看一些山羊和母鸡，它们在人工照明下展示在没有气味的垫草上，第二天就要被布列塔尼①的一些特产或名为非洲艺术的项链和系列小雕像、殖民地历史所留下的一切所代替。对于青少年——特别是那些不能指望任何其他办法来显示社会差别的人——来说，个人的价值是通过服装的品牌来授予的。欧莱雅因为我完全配得上。而我们，皱着眉头鄙视消费社会的人，我们屈服于对一双靴子的欲望，它就像从前的第一副太阳镜，后来的迷你裙、喇叭裤那样，给人以焕然一新的短暂错觉。不只是拥有，就是这么回事，是人们在 Zara 和 H&M 的货架上追逐的，而购买物品就能立即轻易地向他们提供的感觉：一种对存在的补充。

人们没有衰老。我们周围任何东西都不够持久到变陈旧的

---

① 法国西部大区。

程度,它们被飞快地取代、换新了。记忆来不及把它们与生活中的一些时候联系起来。

在所有新颖的物品当中,"手机"最为神奇、最扰乱人心。人们从未想到有朝一日能在口袋里带着一个电话散步,无论何时何地都能打。我们觉得一些人电话放在耳朵上在街上独自说话,这件事很奇怪。在巴黎地区高速铁路网的一节车厢里或者在超市的收银台前,我们被口袋里第一次响起铃声吓了一跳,面带愧色和尴尬地急忙寻找着"通话"按钮,在回答哈喽、是的,以及一些与别人无关的话的时候,我们的身体忽然引起了别人的注意。相反,当我们身边响起一个陌生人接电话的声音时,我们则为成了另一个存在的俘虏而恼火,它根本无视我们的存在,用日常琐事的鸡毛蒜皮、平庸的忧虑和欲望折磨着我们,而迄今为止它们都是被封闭在电话亭或者房间里的。

技术上真正的勇气是"置身于"电脑面前,它的操作意味着一种达到现代性的高度,一种独特而新颖的智慧。一种专横的物件,要求反应迅速、手的动作异常精确、在一种费解的英语里不断地进行必须立刻遵从的"选择"——一种冷酷的和不吉祥的物件,它把我们刚刚写好的信件藏在内部的最深处,扔进了一个永恒的地狱。它令人屈辱。我们起来反抗它,"它还要把我怎么样!"不快逐渐被淡忘了。我们买了一个调制解调器,以便拥有互联网和一个电子邮箱地址,为在维斯塔操作系统上在全世界"冲浪"而赞叹不已。

新的物品当中有一种对身体和精神的暴力,随着我们的使用就能迅速消除,使身心变得轻松。(像往常一样,孩子们和青少年毫不费力就使用起来,没有问题。)

打字机,它清脆的声音和各种配件,修正器,蜡纸和复写纸,在我们看来好像出自一个不可思议的遥远时代。不过,当我们回想起几年前在一个咖啡馆的洗手间里正给 X 打电话、一天晚上在奥里维迪牌打字机上给 P 打一封信的时候,应该承认,没有手机和邮箱对于生活的幸福和痛苦是毫无关系的。

在淡蓝色天空和几乎荒僻无人的沙滩——带着仿佛机耕过的田野上那样的犁沟——的背景上,勾勒出一组挨在一起的两个女人和两个男人,靠在一起的四张面孔,全都被从左边来的阳光分成了一半暗一半亮。中央的两个男人很相像,三十来岁,同样的身材和宽阔的肩膀,一个刚刚有点秃发,另一个秃得厉害一些,同样都是几天没刮的胡子。右边那个秃得厉害的搂着一个少女的肩膀,她身材矮小,黑发簇拥着眼睛和胖乎乎的面庞。另一个女人在最左边,是个看不出年龄的成年人——光线映出了她额头的皱纹,面颊上长着玫瑰色的红斑。面孔的柔软的轮廓——下端齐肩的短发,一件米色的羊毛套衫和一条松松地系住的头巾,一颗珍珠耳坠,一个斜挎包,暗示这是周末诺曼底海岸上悠闲的城市女子。

她微笑着,柔和而带着疏远感,是那些无论父母还是老师,在单独和一些年轻人拍照时的微笑(一种显示自己不会被代际差异欺骗的方式)。

四个人面对着镜头,从照相开始他们的身体和面孔就一动不动,摆好了固定的姿势,以证明他们曾经同时待在这里,在同一个地方,同一天里,同样除了"活得不错"之外没有别的想法。背面写着:特鲁维尔,一九九九年三月。

她就是那个长着红斑的女人,两个三十来岁的人是她的儿子,少女是哥哥的女伴,弟弟的女伴在拍照。随着年头的增长,她作为"课外"教师拥有可观的收入,这个周末她请大家到海边来,是想继续给予孩子们物质上的幸福,弥补他们在生活中可能有的痛苦,因为她感到自己把他们生到世界上来就对他们的生活负有责任。她毫无怨言地接受了他们的生活方式,尽管他们一边拿着"高等教育六年文凭"①,一边根据不同的月份在临时用工合同、领取工商就业协会的失业补助或者从事按件付酬的工作之间打转,也要让他们在一种纯粹的现实里生活下去,听音乐、看美剧和玩电子游戏,似乎他们永远过着一种大学生的或者贫困艺术家的生活,一种过去的放荡不羁的生活广泛化了,离她在他们那么大时的"安居乐业"是多么遥远。(她不知道他们对社会的无忧无虑是真的还是装出来的。)

他们一直走到"黑岩",这是以玛格丽特·杜拉斯命名的梯级,然后往回走。结队闲逛,漫不经心的凝视,时走时停,略无条

---

① 指当时虽有许多文凭也很难找到长期的工作。

理的脚步,在这种缓慢的节奏中,注视着和女伴们走在前面的儿子们的背影和双腿,听着他们低低的声音,她也许体验到一种怀疑。这两个男人怎么成了她的孩子呢?(她觉得在肚子里怀过他们似乎不是一个充分的理由)她是否隐约地想重建自己父母的存在,想让往日的记忆重现眼前,由此把握世上的同一个锚点。在这个海滩上,也许她又想起了母亲的欢呼,当母亲看到她在两个少年之间走来的时候,带着赞美的惊叹不时地喊着"长成大小伙子啦!"似乎女儿成了两个已经比她高一头的小伙子的母亲是难以置信的事情,而且被她始终当成小女孩的那个人的身体里生出的不是女儿而是两个男孩,这事甚至可以说有些不合宜。

毫无疑问,在她每隔一段时间就与他们相聚、重新担当起她只是偶尔承担的母亲角色的场合,她感觉到母性的联系是不够的,她必须有一个情人,一种只是和某个男人性交的私生活,用来作为她和他们偶尔的冲突中的安慰。在别的周末相会的那个年轻男子往往使她厌烦,星期天早晨他看《电视足球》①使她恼火,但是放弃他就将停止与某个人交流每天鸡毛蒜皮的行为和小事,不再诉说日常的生活。这也同样意味着不再等待,不再察看五斗橱里绣着花边的三角裤和袜子,觉得它们没有任何用处,听着《大海、性和阳光》时感到自己被驱逐出了一个由动作、欲望和疲惫构成的世界,被剥夺了未来。在这种时候,如果她想到这些事,这种剥夺就会让她死死抓住这个小伙子,就像抓住一种

---

① 法国国家电视一台的王牌节目。

"最后的爱情"。

当她考虑这些的时候,她知道他们关系的主要因素,在涉及她的方面不是性:这个小伙子为她唤醒了她绝对想不到有朝一日会复苏的东西。当他带她到珍宝连锁超市去吃饭,用门户合唱团来欢迎她,在他冰冷的单间公寓里,他们在一张铺在地上的床垫上做爱的时候,她觉得重演了她大学生活里的一些场面,再现了已经发生过的一些时刻。这已并非真实,但同时这种重复使她的青春、她最初的体验、那些因突然出现而在当时无甚含义的"第一次"有了某种真实感。它们此刻并不具备更多的含义,重复填补了空虚并且赋予一种完成的错觉。她在日记里写着:"他把我从我这一代人中剥离了。可是我不在他那一代人里。我并不位于时间中任何一处。他是复活过去、使之变得永恒的天使。"

星期天下午,在做爱之后的蒙眬中,她常常依偎在他的怀里,陷入了一种奇妙的状态。她不再知道外面的汽车、脚步和说话的声音来自什么地方、来自哪些城市里。她模糊地觉得是在少女之家隔开的小寝室里,在一个旅馆的房间里——一九八〇年夏天在西班牙,冬天和 P 在里尔——在床上,她当时还是孩子,在睡着的母亲身边蜷缩成一团。她感觉到生活中的一些时刻,一些时刻漂浮在另一些时刻之上。这是一种性质不明的时间,攫取了她的意识,也夺去了她的身体;一种现在与过去重叠但又不混淆的时间,她觉得仿佛短暂地重新纳入了她曾经的全部存在形式之中。这是一种已经体验过的、呈间断性的感觉,她现在是在放大和放慢的情况下理解它的——毒品也许诱惑她,但她从未使用过,而是把清醒看得高于一切享乐——她给了它一个名称,隐迹纸本的感觉,尽管这个词并不完全合适,如果她相信词典上"擦去旧字写上新字的羊皮纸稿本"这个定义的话。她从中看到一种可能的认识工具,不仅是为她自己,而且以普遍的几乎是科学的方式来认识她不知道的东西。在她的关于一个从一九四〇年生活到今天的女人的写作提纲——它越来越使她为没能实现它而感到忧伤,甚至产生了负罪感——里,她大概是受到了普鲁斯特的影响,出于在一种真实体验上建立她的事业的需要,想把这种感觉构成它的开头。

这种感觉通过一系列的嵌套——多萝茜·坦宁的画《诞辰》中的那样——使她逐步远离词语和一切语言,把她引向没有记忆的最初的年头、摇篮里的幸福温馨,这种感觉取消了她的所有行为和全部事件,她学过、思考过、渴望过的一切,引导她穿过悠悠的岁月来到这里,在这张和这个年轻人睡着的床上,这种感觉删除了她的经历。当她相反地想在自己的书里挽救一切、曾经围绕过她的一切的时候,依然在挽救她的处境。这种感觉本身是否来自她的经历,来自女人和男人生活里的变化,来自这种五十八岁时在一个二十九岁的男人身边体验它的可能性,发现自己既无负罪感也无骄傲可言。她无法肯定这种"隐迹纸本的感觉"是否拥有比另一种同样常有的感觉更有启发性的能力:她感觉到一些书籍和影片的人物身上有她的生活、她的"自我",她是不久前看过的《苏》[①]和《克莱尔·多兰》[②]里的女人,

---

① 美国著名前卫女导演埃莫斯·科勒的"女性三部曲"的第一部,拍摄于1997年。
② 法国1998年拍摄的爱情片。

或者简·爱,或者莫莉·布卢姆——或者达莉塔①。

下一年她就要退休了。她已经丢掉了一些讲义,关于用来准备讲义的书籍和作品的笔记,除去曾经包装她的生活的东西,似乎为了完全让位于她的写作计划,不再能援引任何理由来将它推开。在整理的时候,她的目光落到了《亨利·布吕拉尔的生平》②开头的一句话上:"我就要五十岁了,那将是认识我自己的好时候。"当她把这句话抄下来的时候,她当时三十七岁——她现在赶上和超过了斯丹达尔的年龄。

二〇〇〇年临近了。我们对此始终不大相信,让它的来临使我们了解这一切吧。我们感到遗憾的是一些人已经死去了。我们并不设想它能正常地度过,已经预告一只信息世界的"虫"③,一种全球性的混乱,一个世界末日来到之前、回归本能的野蛮时代的黑洞。二十世纪在我们身后借助于一些总结来结束,一切都被编目、分类、评估,包括所有的发现、文学、艺术作品、战争、意识形态,似乎必须带着空白的记忆进入二十一世纪。一个庄严和谴责的时代——我们于一切都有所亏欠——凸显在我们面前并且去掉了我们自己的记忆,去掉了那段时光——对于我们来说,它从来不是那个作为整体的"世纪",而只是岁月

---

① 达莉塔(1933—1987),意大利裔法国女歌星。
② 法国作家斯丹达尔未完成的自传作品。
③ 指"千年虫"问题,进入二十一世纪时年份的第一个数字要从 1 改为 2,据说会使计算机产生混乱。

随着我们生活的变化而或多或少明显的流逝。在即将来到的世纪里,我们在童年时代就认识并且已经消失的人,父母和祖父母,将会彻底死去。

我们刚刚穿越的九十年代没有什么特殊意义,这是一些幻灭的年头。看到在伊拉克——美国使之挨饿并且经常威胁要"打击",一些孩子由于没有药品而死去——加沙和约旦河西岸,在车臣、科索沃、阿尔及利亚等地发生的事情,最好不要去想阿拉法特和克林顿在戴维营的握手,宣告的"世界新秩序",也不要去想在坦克上的叶利钦,其实也没有什么大不了的事情,除了一九九五年十二月的一些遥远的、雾蒙蒙的晚上,大概是本世纪的最后一次大罢工。附带发生的事情是美丽的戴安娜王妃在阿尔玛桥不幸死于车祸,莫妮卡·莱温斯基的蓝色裙子沾上了比尔·克林顿的精液。世界杯足球赛则凌驾于一切之上。人们恨不得重新经历一遍那充满期待的几个星期,在静悄悄的城市里——只有比萨饼售货员开着车从一个赛场到另一个赛场——聚集在电视机面前,在这个星期天的此时此刻,在欢呼和陶醉之中,我们简直能够为赢球而一起幸福地死去——只是这正好与死亡相反,重又为了一种唯一的欲望、一个唯一的形象、一种唯一的记叙而不惜一切——这些日子令人着迷,用齐达内的面孔为依云矿泉水和里德普莱斯①在地铁墙壁上所做的广告就是微不足道的遗迹。

在我们面前一无所有。

---

① 号称欧洲最便宜的法国超市,原文为英文 Leader Price,意为引导价格。

最后的夏天——一切都是最后的——来临了。人们又一次聚集起来。他们驾车驶向英吉利海峡的悬崖，聚集在巴黎的公园里，以便观看正午的日食。一阵凉意袭来，犹如黄昏。我们既急于要太阳重新出现，又希望待在这个奇特的黑夜里，体验快镜头呈现的人类灭绝的感觉。在我们戴着墨镜的眼睛面前，宇宙过去了无数个年头。向天空抬起的失明的面孔，似乎在等待一个神或者《启示录》里的白色骑士的来临。太阳重新出现了，人们欢呼起来。下一次日食将发生在二〇八一年，我们是看不到了。

我们来到了二〇〇〇年。除了焰火和都市里寻常的欣快景象之外，没有任何值得记载的东西。我们很失望，预料中的"虫"是骗人的把戏。六天前发生的已经被命名为"大风暴"①事件，像是从虚无中突然冒了出来。在夜里的几个小时里，它吹倒了几千座架高压线的铁塔，摧毁了一些森林，掀翻屋顶，从北向南和从西向东不断推进，有分寸地仅杀死了十来个位置不当的人。早晨太阳平静地在一片狼藉的景象上升起，带着灾难所特有的美。第三个千年就从这里开始了。（这是大自然神秘的报复心思。）

没有任何改变，只是用数字 2 代替 1 这件怪事，往往使人在支票下面写日期时出现笔误。在这个像往常一样暖和多雨的冬

---

① 指 1999 年 12 月 26 日至 27 日夜间横扫法国的飓风"罗塔尔"。

季里，布鲁塞尔对"欧盟法令"的重提，"信息领域里新企业的增加"，非但没有期待的热情，而且有一种忧伤。社会党人的统治没有突出之处。示威游行减少了。我们不再参加没有身份证件的人的游行。

新世纪来到后几个月，富人的飞机——我们的亲友是不会坐的——坠毁在戈内斯①，很快就从记忆中消失，与戴高乐的时代会合去了。一个冷酷的矮个子男人，怀着叫人捉摸不透的野心，有个难得容易发音的名字，普京，取代了酒鬼叶利钦，并且许诺"要把车臣打进茅坑里去"。俄罗斯不再带来希望和恐惧，除了一种无尽的忧伤之外没有别的。它退出了我们的想象世界——美国人不顾我们的意愿取而代之，犹如一棵巨大的树木把树枝伸到了地球的表面。他们的道德说教、股东和退休金，他们对地球的污染和对我们奶酪的反感越来越使我们恼火。为了表示他们以武器和经济为基础的优势在本质上是多么贫乏，一个通常用来给他们下定义的词语是"盛气凌人"。一些除了石油和美元之外没有理想的征服者。他们的价值和原则——只相信自己——除了他们自己之外不会给任何人带来希望，所以我们梦想着"另一个世界"。

首先是某种无法相信的事情——正如后来的一部影片所表现的那样，我们看到的乔治·布什，当有人在他耳边把消息告诉他的时候，他就像一个迷路的孩子那样没有反应——也

---

① 法国地名。

无法去想，无法感受到，只是盯着电视屏幕看了又看，曼哈顿的双塔先后倒塌，在这个九月的下午——这是纽约的上午，对于我们来说却永远会是下午——似乎画面看得过多，它就会变成现实了。我们无法摆脱这种惊愕，并且通过手机与尽可能多的人分享。

各种说法和分析纷至沓来。事件的本来面目正在消失。我们不听《世界报》发出的"我们都是美国人"的宣言。世界的面貌一下子翻了个过儿，一些来自蒙昧国家的狂热分子，只带着一些刀具，在不到两个小时里就使美国强大的象征毁于一旦。这个奇迹令人惊叹。我们后悔曾相信美国是不可战胜的，我们现在为这种错觉复仇。我们记得另一个九月十一日，阿连德被谋杀。某种事情需要付出代价。接着是同情和考虑后果的时候了。重要的是说明我们是在什么地方、通过谁或者通过什么、怎样得知对双塔的攻击的。当天没有得知这个消息的人极为罕见，他们会觉得自己错过了一场与世界上其他所有人的约会。

于是每个人都在回想在第一架飞机撞上世贸中心塔楼、一些夫妇互相拉着手往下跳的那一刻自己正在做什么。两者之间没有任何关系，只是在自己活着的同时有三千个人即将死去，但他们在死前一刻钟还一无所知。我们在回想着，我是在牙医那里，在路上，在家里看书。在这种时代共处的惊愕中，我们理解了人们在世界上的分离，以及我们的同样不可靠的联系。在奥赛博物馆里注视梵高的一幅画的时候，我们对此刻发生在曼哈顿的事情一无所知，也就是对我们自身死亡的时刻一无所知。

不过,在日子毫无意义的流逝之中,这个同时包括世贸中心被炸毁的双塔和应约在看牙医或者对一辆汽车进行技术检查的时刻被保留下来了。

九月十一日把迄今为止陪伴我们的所有日期推到了身后。与我们说过"在奥斯维辛之后"一样,我们说着"9·11",一个唯一的日子。由此开始了我们不知道的事情。时代也世界化了。

后来,当我们想到一些我们犹豫之后把它们放在二〇〇一年的事实——八月十五日周末巴黎的一场风暴,一次在塞日蓬图瓦斯的邮局储蓄银行里的杀戮,《洛夫特》①,《凯萨琳的性爱自传》的出版——我们会为应该把它们放在九月十一日之前而感到惊讶,为证实它们与后来在十月或者十一月里发生的事情没有任何差别而震惊。这些事情再次开始在过去中浮动漂荡,重拾起它们的自由——它们并不受那件人们如今必须承认自己没有真正经历过的事情的束缚。

我们来不及思考就开始恐惧,一种模糊的力量渗入了世界,准备在地球上所有地方从事最残忍的行为,一些装有一种白色粉末的信封毒死了收信人,《世界报》刊出《战争来了》的标题。前任总统的平庸儿子、在对选票进行没完没了的重新计数之后可笑地当选的美国总统乔治·布什,代表文明和"善"对"恶"宣战。不要再睡觉了,保持警惕直到世界末日。为美国人承担恐

---

① 关于住房和装修的杂志。

惧的义务削弱了团结和同情。我们嘲弄他们没法抓住本·拉登和骑着摩托蒸发的毛拉·奥马尔。

宗教回来了,但不是我们的、我们不再信仰的、不想再传下去的宗教,其实如果要分类的话,它仍然是唯一合法的和最好的宗教。它的十来篇念珠经、赞美歌和星期五吃鱼①属于童年时代的博物馆。我是基督徒,这是我的荣耀。

"土生土长的法国人"——这不用多说,树木、土地——与"出身移民"的法国人之间的区别没有改变。当共和国总统在一次讲话中提到"法兰西民族"的时候,当然是说一个超越一切排外怀疑的、宽容的实体——承载着维克多·雨果,巴士底狱的占领,农民,小学教师和教士,皮埃尔神父②和戴高乐,纳贝尔·皮沃,阿斯泰利克斯③,德尼大妈④和科吕什,叫玛丽的女人和叫帕特里克的男人。不是"郊区的年轻人",他们把风帽拉下来盖在头上,懒洋洋的步伐似乎是他们阴险和懒惰的确实标志,要干坏事的可靠苗头。以某种隐晦的方式表明他们是我们不再能控制的一块国内殖民地上的土著居民。

语言坚定不移地把我们与他们划分开来,把他们划成"街区"里的"社群",在一些任凭陷于毒品交易和"轮奸"、使他们变得野蛮的"法外之地"上。记者们断言"法国人不得安宁"。根

---

① 在封斋期的星期五,教会要求信徒为了纪念耶稣之死而禁止吃肉,因而使吃鱼称为习俗。
② 皮埃尔神父(1912—2007),他为救助穷人和慈善事业贡献了一生,被称为最伟大的法国人。
③ 法国系列漫画《阿斯泰利克斯历险记》的主人公,是高卢的英雄。
④ 法国实有其人的洗衣妇,后来成为洗衣机广告上的人物。

据引导各种情感的民意测验的结果,不安全是人们首要的忧虑。它的没有明说的模样就是一种模糊不清的棕黑皮肤的居民,他们是偷盗正派人手机的行动迅速的团伙。

欧元的流通让人们短暂地分了心。看看钱币来自何处的好奇心一个星期就消退了。这是一种冷漠的货币,干净的小票子上没有图像或隐喻,一个欧元就是一个欧元,毫无别的意思——一种没有分量,迷惑人的几乎是不真实的货币,它令价格收缩,给人以商店里的东西普遍廉价的印象,而看着工资单却觉得自己变穷了。设想在塔帕斯①和桑格利亚酒②旁边没有比塞塔③的西班牙,在旅馆过一夜没有十万里拉的意大利,我们觉得离奇至极。我们没有时间为所有的事情去忧伤。皮埃尔·布尔迪厄死了,这个人们很少了解的具有批判性的知识分子,我们甚至不知道他生病了。他没有给我们回过神来预料他去世的时间。在那些读他的书时感到被解放的人当中,悄无声息地弥漫着一种奇特的悲伤。我们担心他的话在我们身上会像现在如此遥远的萨特的话那样消失,任凭舆论界来制服我们。

五月份的总统大选只是显得更加令人丧气。那是上次一九九五年大选的一次重复,还是这些人,希拉克和若斯潘(他转向

---

① 西班牙菜肴的餐前小吃。
② 红葡萄酒与橘子汁兑成的饮料。
③ 西班牙货币单位。

了布莱尔,讨厌使用"社会主义者"这个词但很可能当选)。我们惊异地回忆起一九八一年头几个月的紧张和激烈。记得当时我们有要前往的地方。哪怕是一九九五年也要好一些。我们不知道媒体及其您信任谁的民意测验和卓越的评论,政客们及其降低失业率、堵住社会保险缺口的诺言是否在消耗着我们的精力,或者火车站里总是出故障的自动扶梯,在家乐福和邮局的收银台前面的排队,罗马尼亚乞丐,所有这些需要投一票的事情,与为了参加贸易中心里的游戏而向箱子里扔进一张小票同样可笑。付费频道上的傀儡不再滑稽了。既然没有人代表我们,那么首先就要自得其乐。投票是一件私人的、感性的事情。我们期待着最后一次冲动,阿尔莱特·拉吉耶①,克里斯蒂亚娜·托比拉②或者全体绿党成员。必须要有习惯、对一种很久以前的"选举义务"的回忆,才会在春天的假期当中、在四月份的一个星期天劳费这份心力。

除了灿烂的阳光与暖和之外,我们对四月份的这个星期天、对宣布大选结果之前几个小时里的事情奇怪地没有留下任何印象,只是等待着一个开心的晚会。终于来了。二十年来经常评说排斥犹太人和种族主义的罪行的人,带着仇恨的强笑使听众发笑的煽动家,悄无声息地突然出现后销声匿迹

---

① 阿尔莱特·拉吉耶(1940— ),法国女政治家,极左翼的工人斗争党发言人,2007年总统候选人。
② 克里斯蒂亚娜·托比拉(1952— ),法属圭亚那黑人国会议员,左翼激进党主席,2002年竞选总统。

的若斯潘。不再有左派了。生活中政治的轻松感消失了。错误在哪里。我们做了什么。是否本应该选若斯潘而非拉吉耶。良心在兜圈子，被卡在投选票的无辜动作与集体结果之间的空隙之中。我们到了欲望的尽头并且受到了惩罚。这是一个罪恶的事件，有关耻辱的言论达到了顶点，代替了前一天晚上还在说的不安全。对责任者的追寻造成了恐慌：电视新闻循环播放被一些流氓殴打的帕比·瓦兹头部的伤口，他们还烧掉了他的房子；投票弃权者，那些投票支持生态主义者、托洛茨基主义者、共产主义者的人。媒体让那些投票赞成勒庞后沉默的声音"说话"。从阴影里出来的工人和收银员们被小心翼翼地询问，为的是能立刻理解他们，无须考虑未来。

然而我们没有来得及思考，就被带到了一种为了挽救民主的总动员的狂热之中，要求投希拉克的票（配上一些在投票时保持心灵纯洁的建议：捂住鼻子和戴上手套，宁可投气味难闻的一票也不投杀人的一票）。一种合乎道德和隆隆作响的一致同意把我们驯服地扔进了五一节的人群和标语之中：反对独裁者勒庞，不要害怕加入抵抗运动，我愤怒了，I've got the balls tengo las bolas①，希特勒强度表②已达 17.3%。度假回来的年轻人发现这很像世界杯足球赛。在灰蒙蒙的天空下面，共和国广场上挤满了黑压压的人群，在一队仿佛永不分开的、挤得紧紧的庞大行列的背影后面，我们产生了怀疑。我们

---

① I've got the balls 是英语，tengo las bolas 是西班牙语，都是"我愤怒了"的意思。
② 这是对"地震强度表"的模仿，用希特勒的名字是在政治标语中衡量纳粹党的影响，这里是指勒庞领导的极右翼国民阵线所得到的选票。

感到自己是一些哑角,被派来拍摄一部三十年代的影片。有一种一致同意的虚假气氛。我们不是待在家里而是顺从地投希拉克的票。从投票站出来,我们觉得完成了一种变得愚蠢的行为。晚上在电视面前,看到无数仰望希拉克的面孔吼叫着"希希"我们爱你,而"救援反种族主义"的纤弱小手在人群的头上摇摆着①,我们想到的是,都是笨蛋。

总统大选在记忆里以后只会剩下第一轮选举的月份和日期,四月二十一日,似乎有百分之八十选票的第二轮强制的选举不算数了。投票选举是否还有可能。

我们看到右翼重新占领了所有的位置。同样是要求适应市场、世界化的言论,同样是要更多地工作和延长劳动时间的命令,重新出现在名叫拉法兰的总理的嘴里,他驼起的肩颈和显得疲惫的亲切,令人想起五十年代的一个用沉重的脚步踏得事务所的地板咯咯作响的公证人。他就像在十九世纪时那样谈到"上层的法国"和"下层的法国",我们听到也几乎不发怒了。我们转过身去。哪怕穿蓝色球服的法国队在韩国的世界杯赛中被击败。我们在回归自我。

八月的太阳晒热了皮肤。眼皮合上了,在沙滩上,这是同一个女人,同一个男人。人淹没在自己的身体当中,与童年时在诺

---

① "救援反种族主义"(SOS Racisme)是一个反对种族主义和民族主义的政治组织,其标志为一只伸出的手掌,上面写着口号"别碰我的伙伴"。这里指选举希拉克当选总统时示威者挥动的横幅上有该组织的标志。

曼底卵石滩上、从前在布拉瓦海岸①度假的是同一个人。时代在一种阳光的裹尸布里又一次复活了。

睁开眼睛,我们看到的是一个穿着衣服的女人就这样走进海里,上衣、长裙,穆斯林女人的头纱盖住了她的头发。一个光着上身、穿着短裤的男人握着她的手。这是一幕《圣经》里的景象,其美丽令人悲伤得直至痛心。


摆放货物的场所越来越宽广、漂亮、色彩丰富,打扫得干干净净,与地铁站的破败、邮局和公立中学形成了对照,每天早晨都在伊甸园第一天的光辉和富饶中充满生气。

按照每天一馔计算,各种酸奶和饭后的乳制点心用一年都品尝不完。有一些分别用于男女腋毛的脱毛剂、卫生护垫、湿纸巾,给猫准备的"独创食品"和"小口烤肉",其中又分为家养的成猫、幼猫、老年猫、室内猫。人体及其功能没有任何地方能逃过企业家的预见。食品中要么"脱除",要么"添加"了一些看不见的成分,维生素、不饱和脂肪酸、纤维凡是存在的一切,空气,热和冷、青草和蚂蚁,出汗和夜间打呼噜,都能产生无数的商品,以及令它们适应被划分得越来越细的现实、依靠数量增加来提升分量的各种产品。经商的想象力是无限的。它把所有的语言,生态主义的、精神分析的,都附属于它的利润,用人道主义和社会正义来装饰自己,嘱咐我们"反对昂贵的生活",规定:"你

---

① 西班牙地名。

们要让自己高兴","去赚钱"。它安排传统的节日庆典,圣诞节和情人节,还伴随着斋月。它是一种道德,一种哲学,我们无可置疑的生存方式。生活。真实的生活。欧尚。

这是一种温柔和幸福的专政,我们不会起来反抗它,只是不能让它过分,教育好消费者,个人的首要定义。对于每一个人,包括挤在驶向西班牙海岸的一艘船上的非法移民,自由的面目都是一个贸易中心,一些被大量的商品压垮的大型超市。产品来自世界各地,自由流通,而人却在边境上遭受驱逐,这是正常的。为了越过边境,有些人把自己关在卡车里,把自己变成货物——无法活动——在六月份的太阳下被司机遗忘在杜夫尔的一个停车场上窒息而死。

大型商场的关怀一直延展到设置一些专供穷人的货架,售卖罐头咸牛肉、猪肝酱等乱七八糟、没有商标的低档产品,使富人们想起了从前东方国家的食品匮乏和艰辛。

德波尔[①]、杜蒙在七十年代预告过的情况——不是还有勒克莱齐奥的一部小说吗——于是就出现了。我们怎么能听之任之。但是所有的预言并未全部实现,我们没有像在广岛那样长满脓包,皮肤没有掉落,在街上也用不着戴防毒面具。相反,我

---

[①] 居易·欧内斯特·德波尔(1931—1994),法国马克思主义理论家、作家,著有《景观社会》等。

们更漂亮了,健康状况更好,死于疾病变得越来越不可思议。我们还有办法好好度过二十一世纪而不至于发疯。

我们回想起父母的责备:"你有了这一切还不幸福吗?"现在我们知道当时所有的一切是不足以幸福的。这不是一个放弃物品的理由。某些人得不到它们,"被排除在外",好像是付出的代价,必须牺牲一定数量的人的生活,才能使大多数人继续享受它们。

一个广告说:金钱、性、毒品,请选择金钱。

人们转向 DVD 光盘机,数码相机,MP3 随身听,ADSL 宽带,平板显示器,我们不停地转变。不再转变,这就是接受衰老。长期的损耗展现在皮肤上,不知不觉地影响到全身。世界不断地给我们大量的新事物,我们的损耗与世界进程的方向是相反的。

随着人们逐渐能够自然而然而无须思考地使用新技术,它们的出现所引发的问题相继消失了。不会用电脑和数字音响的人将会消失,就像以前不会用电话或洗衣机的人消失了一样。

在养老院里老太太们浅色的眼睛面前,接连不断地放映着为产品和电器所做的广告,她们从未觉得有必要存在,也没有任何机会在哪一天拥有它们。

我们被物质时代超越了。在期待它们与它们的出现、在丧失与获得之间的长期保持的平衡被打破了。新事物不再引起抨击或热情,它们不再纠缠我们的想象力。这是生活的正常范围。甚至连新事物这个概念或许也会消失,就像进步这个几乎已经消失的概念一样,我们已收到这份宣判。瞥见一切的可能性是无限的。心脏、肝脏、肾脏、眼睛、皮肤从死人身上移植到活人身上,卵细胞从一个子宫移到另一个子宫里,使一些六十岁的女人也能分娩。面部去皱纹的手术使得时间在面孔上停止了。米莱娜·德蒙若①,在电视上看起来还是《卿本佳人》里那个迷人的洋娃娃,从一九五八年起被原封不动地保存了下来。

想到克隆,在一个人造子宫里孕育的孩子,大脑移植,可穿戴设备——英语加上一种奇特的支配效果——一种根本无法区分的性别,我们就会头脑发晕忘了这些事物和行为还会与旧有的那些共存一段时间。

然而一切都如此轻易,人们的惊愕更是转瞬即逝,对于来到市场上的一种新物品,只是说一句:"这很高明。"

我们预感到在一生的时间里会突然出现一些无法想象但人们会习惯的东西,就像他们在那么短的时间里习惯了手机、电脑、iPod 和 GPS 一样。令人惶惑的是无法想象十年后的生活方式,更不用说想象适应了尚未知晓的技术的我们自己的模样。(难道有朝一日会在人的大脑里看到他印在里面的全部经历,他所做、所说和听到的一切?)

---

① 米莱娜·德蒙若(1935—2022),法国女演员。

我们生活在一切事物的过度丰富当中,有大量的信息和"鉴定"。其中有对突发事件的想法,行为的方式,肉体,性欲高潮和安乐死。一切都是争论和破译的对象。在"成瘾"和"精神恢复力""丧亲后的适应"之间,用词汇来表达生活和情感的手段泛滥成灾。抑郁症、酒精成瘾、性冷淡、厌食、不幸的童年,没有什么会是白白地经历的了。经验和幻想的交流使良心得到了满足。集体内省为自我的诉说提供了一些范例。共识的资本增加了。头脑更加灵敏了,学习各种东西的时间提早了,学校的慢节奏使在手机上飞快地打着短信的年轻人失望。

在一切混合的概念里越来越难以找到一句给自己的话,一句当我们默默地对自己说的时候能帮助我们活下去的话。

在互联网上只要输入一个关键词,就可以看到涌现出成千上万的"网站",乱七八糟地显示出一些片言只语和文本的片断,把我们吸引到别处去,既像一种刺激的追踪游戏,又像一场无穷推进的、关于我们没在找的东西的寻找冒险。我们似乎有可能占有全部知识,参与到扔在用一种粗暴的新语言写成的博客上的大量观点之中。搜索喉癌的症状,姆萨卡菜肴①的做法,凯瑟琳·德纳芙的年龄,大阪的天气,绣球花和印度大麻的培育,日本人对中国发展的影响——打扑克,下载影片和唱片,什么都买,小白鼠和手枪,伟哥和人造阴茎,一切

---

① 巴尔干人用茄子、西红柿、蛋和肉做成的菜。

都出售和转卖。与陌生人讨论、辱骂、猎艳,想入非非。其他人都是没有实体的,没有声音、气味和动作,他们伤害不了我们。重要的是我们能和他们做的事情,交换的法则,快乐。想要强大和不受惩罚的伟大愿望正在实现。我们在一个没有主体,只有客体的世界的现实里演变。互联网进行着把世界变成话语的眼花缭乱的变化。

鼠标在屏幕上迅速而轻快的点击是时代的节拍。

不到两分钟就弄清楚了:卡米叶-朱利安中学里的一些女同学,波尔多,二年级C2班,一九八〇至一九八一;一首玛丽-若塞·纳维勒①的歌曲,一九八八年《人道报》上的一篇文章。网页上显示的对失去的时光的追寻。我们甚至没有想到有朝一日能找到的古旧档案资料和各种东西都立刻来到我们面前。记忆变得无穷无尽,但时间的深度——纸张的气味和发黄、书页翻动的沙沙声、一只陌生的手在一个段落下面画的着重线所给人的感觉——消失了。我们处于一种无限的现在之中。

我们总是想通过一系列狂热的立刻就可以见到的照片和影片来"保存"它。来自四面八方的友谊留下的数百幅散乱的照片,按照一种新的社会习俗,转移到电脑上的一些难得打开的文件夹里保存。关键在于拍摄这一行为,我们的存在被捕捉、复制,随着我们的体验而录制下来,一些开花的樱桃树,斯特拉斯堡旅馆里的一个房间,一个刚刚诞生的婴儿。场所,会面,场景,物品,生活

---

① 玛丽-若塞·纳维勒(1938— ),法国女歌手、作曲家。

被全部保存下来了。有了数码技术,我们彻底掘尽现实。

在屏幕上连续放映的按日期分类的照片和录像上,在各种场面和风景、人物之外,散布着一个唯一的时代的阳光。过去的另一种流动的形式,将自己登记在真实记忆的微薄载体上。画面多得使人没法在每一张面前停留,以便回想拍摄这张照片时的情景。我们在这些画面里经历的是一种轻松的和被美化的生活。我们留下了太多痕迹,它消除了对我们时光流逝的感觉。

奇怪的是想到有了 DVD 和其他载体后,后代能了解我们一切最隐秘的日常生活,我们的姿态、吃饭、说话和做爱的方式,家具和内衣。从摄影师的三脚架相机到卧室的数码相机,以往世代里的晦暗被它们一点点推远,将会永远消失。我们被提前复活了。

我们自身对世界有着模糊而重要的记忆。从几乎一切事物之中,我们只保留着话语、细节、名字,后来使乔治·佩雷克①说出"我记得"的一切:恩潘男爵,小糖果,贝雷戈瓦的短袜,德瓦凯,圣马洛人的战争,邦克②早餐。然而这不是真实的回忆,我们仍然这样称呼其他什么东西:时代的标记。

回忆和遗忘的过程被媒体承担了。它们纪念一切可以纪念的事情:皮埃尔神父的号召,密特朗和玛格丽特·杜拉斯的去

---

① 乔治·佩雷克(1936—1982),法国小说家,他的小说反映了当代消费社会的现实,并以出色的文字技巧著称。
② 意大利乳品无菌包装公司。

世,战争的开始和结束,踏在月球上的脚,切尔诺贝利核电站,九月十一日。每天都有它的纪念日,一条法令,一件诉讼案的开审,一桩罪行,它们把时间切割成耶耶音乐、嬉皮士、艾滋病的年代,又用戴高乐、密特朗、一九六八年、第二次世界大战后出生、数码技术来给人断代。我们属于所有的时代,却又不属于任何一个时代。属于我们自己的岁月不在其中。

我们在变化。我们不认识自己的新样子。

当我们在夜里抬起头来,月亮一动不动地在一个我们感到无边无垠、攒动着数十亿人的世界上闪耀。意识扩展到了地球的全部空间,飞向其他的星系。无限不再是想象。所以觉得自己有一天会死去是不可思议的。

如果我们试图清点在自身之外忽然发生的事情,可以看到从九月十一日开始短时间内突然出现了一系列事件,接连不断的等待、恐惧漫长的时间和爆炸,令人震惊或悲痛——"什么都和从前不一样了"成了挂在嘴上的话——然后就消失,被遗忘了,不了了之,到下一年,如果不是下个月的话,就被作为遥远的历史来纪念了。四月二十一日,有过伊拉克战争——幸亏没有我们。约翰·保罗二世垂危,另一个教皇的名字不好记,多少世[1]更是记不住;

---

[1] 指伯努瓦十六世。

阿托查火车站①;欧洲宪章的全民公决被否决后的节日般的晚上;郊区烧得通红的黑夜;弗洛伦丝·奥贝纳②;伦敦的袭击;以色列与真主党的黎巴嫩战争;海啸;从一个洞窟里被拖出来的萨达姆·侯赛因,不知什么时候被绞死了;不明原因的传染病,SARS;禽流感;基孔肯雅热毒引起的急性传染病。在那个酷热的盛夏,被装在一个塑料袋里从伊拉克送回来的美国士兵的尸体,和死于炎热的卑微的老人混在一起,堆在兰吉③市场的冷库里。

一切都似乎令人压抑。美国是时代的主人,也是他们根据需要和利益随意占领的空间的主人。到处都是富者愈富、穷者愈穷。一些人睡在沿着环城大道的帐篷里。年轻人嘲笑"欢迎来到一个狗屎世界"和进行短暂的反抗。只有退休的人感到满意,在考虑怎样照管和花掉他们的钱,到泰国去旅游,在网购和在线约会。怎么可能会有人造反呢?

在所有的日常生活的信息里,最有趣的、对我们最重要的是明天的天气,巴黎地区高速铁路网车站里贴出的天气好或天气不好,这种宛如来自历书预言的知识,可以使人每天高兴或悲叹,这种气象既出乎意料又永远不变,每当人类活动对它造成改变通常会引起公愤。

---

① 在马德里。
② 弗洛伦丝·奥贝纳(1961— ),法国女记者,在伊拉克战争期间被作为人质关押了一百五十七天后获释。
③ 巴黎城外的市场。

一篇糟糕的演讲,得到了绝大部分电视观众的赞同——他们听到内政部长要在郊区"用凯驰清理渣滓"①时并不激动——因而正甚嚣尘上。古老的价值被挥舞起来,秩序,工作,民族身份,充满了对敌人的威胁,"正派人"要仔细识别他们:失业者,郊区青年,非法移民,没有身份证件的人,窃贼和强奸犯等等。从来没有这么少的词汇能传播得如同很久以来的教义一样——人们对它们深信不疑,似乎所有的分析和信息使他们头脑发晕,讨厌七百万穷人、无固定住所的人,厌恶了失业率数据,所以他们现在要依赖简单朴实了。77%的被调查者认为司法对于犯轻罪者过于宽大。年迈的新哲学家在电视上啰啰唆唆地讲他们陈旧的主张,皮埃尔神父死了,傀儡不再使人发笑,《查理周刊》在利用它从前的愤怒。我们预感到什么都阻止不了萨科齐的当选,人们的愿望走到了它的终点。甘受奴役和服从于一个领袖的愿望再度抬头。

贸易的时间变本加厉地侵犯着日历的时间。圣诞节这就到了,人们面对超级商场里在诸圣瞻礼节的第二天一窝蜂地出现的玩具和巧克力叹息着,为在几个星期里无法摆脱重大节日的束缚而沮丧,他们被迫考虑自己的存在、孤独和与社会相比的购买力——似乎全部生活都在通向一个圣诞节的晚上。这样的幻觉使人想在十一月末睡觉,直到第二年初才醒来。我们进入了

---

① 凯驰是德国系列清洁设备的品牌,这里是指要清理郊区的移民。

一个对物品既有欲望又感到憎恶的糟糕透顶的时期，消费行为的顶点——然而我们还是履行了，在炎热、收银台的等待和厌恶感，如同一种牺牲，一种献给不知什么神、为了不知什么灵魂得救的花费的义务，使我们甘愿"为圣诞节做点事情"，准备枞树的装饰和午餐的菜单。

在二十一世纪的头十年当中，我们从来不称零年代，我们的孩子就要四十岁了，他们即使穿着牛仔裤和匡威牌帆布鞋也总像青少年的样子，我们把他们聚集在餐桌上，以及他们的男伴和女伴——几年来还是同样的人——和孙子孙女们——使他们从隐秘情人的临时身份转为稳定伴侣、被家庭聚会接纳的人。谈话首先集中在相互的问题上：关于工作，临时的或者因为公司被收购，可能要参与社会计划，交通方式，每周的工作时间和假期，每天抽烟的数量和戒烟，关于休闲，照片和音乐，下载，关于最近购买的商品，最新版的视窗，最新型的手机，3G，关于消费与时间利用的关系。总之是能使大家更新对彼此了解、评价各种生活方式，在私下里又让人更加坚信自己那种最好的一切话题。

他们对比着关于电影的观点，交流对《电视全览》《解放报》和《摇滚世界》和《工艺艺术》的评论，说着他们对于美剧的热情，《六尺风云》①《二十四小时》②，怂恿我们至少去看一集，确信我们什么都不会去看——想教我们却不让我们教他们，流露

---

① 又名《六英尺下》，讲一家私人殡仪馆的故事。
② 表现反恐特工故事的电视系列片，每个故事约一小时。

出确信我们对事物的知识不如他们那样世界合拍了。

我们谈起即将来到的总统大选。他们争先恐后地强调这次活动的毫无意义,他们对于强迫人们接受塞戈莱娜①与萨科齐的对决的怒火,嘲笑社会党的女候选人的"正确的秩序"和"双赢协定"②,她的软弱无力的样子和在排列空洞句子方面的训练有素,害怕萨科齐深得人心的才华及其不可抑制的上升。我们承认在波弗、瓦内或者贝桑瑟诺之间无法进行选择。在万不得已的情况下,我们不想投任何人的票,确信这次选举不会改变生活,至少我们可以希望和那个女社会党人在一起不会更糟。他们终于触及了谈话的重要主题,媒体,它们对舆论的操纵,避开它们的办法。他们只相信 You Tube、维基百科、Rezo-net, Acrimed sur le web。媒体的评论比信息本身更为重要。

一切都是嘲弄和节日里快乐的宿命论。郊区又在爆炸了,以色列和巴勒斯坦的冲突无可救药。世界随着地球变暖、冰山融化和蜜蜂死去而走投无路。有人感叹"总而言之",那禽流感呢?阿里埃勒·沙龙一直昏迷不醒吗?同时引发了列举其他被遗忘的事情,有SARS,有清泉门事件③,有失业者的活动——不是为了承认集体的健忘症,而是为了痛斥媒体对想象力的控制。刚刚过去的事情就已消失令人目瞪口呆。

没有记忆也没有叙述,只有对七十年代的一种回想,因为对

---

① 塞戈莱娜·卢亚尔(1953—  ),法国女政治家、社会党成员,曾任部长。
② 即双方缔结为使自己获得最大利益而关注对方利益的协议。
③ 2004年,法国检察机关接到举报,指法国一些要人在卢森堡金融机构"清泉"公司设立秘密账户,为向台湾出售驱逐舰而收取的非法佣金洗钱。

于经历过的我们,对那些当时过于年轻和只记住物品、广播节目、乐曲、膝盖上打补丁、《小丑吉里》、手提式自动电唱机、特拉沃塔①和《星期六晚上的狂热》的人来说,它显得令人向往。

在热烈的交流中,是没有足够的耐心来叙述的。

我们一直听着,谨慎地插嘴,关心的是担当调停者的角色,防止"外头人"②受到排挤,使自己处于配偶和嫡亲的默契之上,小心地转移争执的苗头,谅解对于我们在技术方面无知的嘲笑。我觉得自己是一个带着一帮青少年的、宽容的和看不出岁数的女领队——还没有意识到我们已是祖父母,好像这个称呼永远是留给自己的祖父母的,是一种他们的去世也丝毫不会改变的本质。

再一次,在相互靠近的身体中,干杯和吃鹅肝酱,咀嚼和开玩笑,避免严肃的话题,形成过节聚餐的非物质的真实。当我们离开几分钟来吸一支烟或者看看火鸡烧得怎么样了,然后回到喧闹的饭桌上的时候,已经与新的话题无关了——我们感到了这种真实的力量和密度。这里又出现了某种童年的东西。一个从前的泛着金光的场面,在听不分明的嘈杂声中,人们坐着,面容已经模糊。

喝完咖啡之后,他们热情地在电视上安装任天堂 Wii 游戏的新软件,可能打几场网球和拳击游戏,在屏幕面前东奔西跑,

---

① 约翰·特拉沃塔(1954— ),美国影星和舞蹈明星。
② 对媳妇、女婿等的蔑称。

喊叫和咒骂,而孩子们则在所有的房间里不知疲倦地玩着捉迷藏,把他们前一天晚上收到的礼物凌乱地丢在地板上。我们回到桌旁喝一杯沛绿雅①或可乐凉快一下。沉默预示着快要分手了。我们看着钟点。我们过完了没有时钟指针相伴的节日聚餐。玩具、毛绒玩偶和每次外出都要带上的育儿用品都收拾好了。在出发前动情地表示感谢,吩咐孩子们亲吻他人并且反复地彼此询问"没忘了什么吧?"然后配偶们的私人世界重新关闭,分散到各自的汽车里去了。寂静笼罩着我们。我们拿掉餐桌的延长部分,开动洗碗机。收起丢在椅子下面的一件玩具娃娃的衣服。在又一次"盛情接待"了所有的人,和谐地越过了这种仪式——现在我们是它最古老的支柱——的各个阶段之后,我们感到了疲惫的满足。


在从一些相片盒或存放在一个电子文件夹里的几百张照片里取出来的这张照片上,一个有些年纪的橙黄色头发的女人穿着袒胸露肩的黑色羊毛套衫,几乎是向后仰坐在一张色彩艳丽的大安乐椅里,用她的两只手臂抱着一个穿牛仔裤和淡绿色的对开毛衫、歪斜地坐在她交叉的膝盖上的小女孩,只露出一个穿着黑色裤子的膝盖。两个面孔靠在一起,稍微错开,女人苍白的面孔带着饭后散乱的红色,有点瘦削,额头显出了一条条细细的皱纹,微笑着。孩子的面孔没有光泽,褐色的大眼睛,神情严肃,正在说着什么事情。唯一的相似之处,是同样凌乱的长发,有几绺一直拉

--------

① 巴黎矿泉水品牌,亦译"巴黎水"。

到两人的脖子前面。女人的双手关节突出，几乎有结节，在照片上伸向前方，显得特别大。她的微笑，她的凝视镜头的样子，她抱紧孩子的姿势——与其说是表明拥有，不如说是进行奉献——令人想起祖传的一幅画，一种亲子关系的证明:祖母在介绍她的孙女。背景是一个书架的搁板，七星丛书版①图书的包有塑料膜的书脊反射着阳光。有两个名字显得很清楚:帕维瑟②，艾尔弗雷德·耶利内克③。一个知识女性的传统装饰，她家里其他文化载体有 DVD，盒式录像带，CD，它们都跟书籍分开放置，似乎不属于相同的领域，或者没有相同的尊严。背面写着:塞尔日，二〇〇六年十二月二十五日。

她是照片上的这个女人，在这张面孔和现状没有出现明显差别，还没有更多地失去将来不可避免地要失去的东西（然而是什么时候、怎样失去，她宁可不去考虑），她在看着这张照片的时候，可以带着高度的自信说:这就是我＝我还没有新增其他衰老的迹象。她不去考虑这些迹象，在生活中经常习惯于否认——不是她六十六岁的年龄，而是这个年龄对于最年轻的人来说所代表的东西，也没有感受到自己与四十五岁、五十岁的女人有什么不同——这些女人没有恶意地、在谈话中拐弯抹角地摧毁着她的幻觉，向她表明她不属于她们那一代，她们眼中的她就像她看八十岁的女人一样:老妇人。与青春时期相反，那时她

---

① 法国加里马出版社专为经典作品出版的丛书。
② 塞萨尔·帕维瑟（1908—1950），意大利诗人、小说家。
③ 艾尔弗雷德·耶利内克（1946— ），奥地利女诗人、小说家和戏剧家，2004 年获得诺贝尔文学奖。

确信自己隔一年甚至隔一个月就不再是同样的人,而她周围的人依旧不变,现在是她感到自己在一个飞奔的世界里一成不变了。尽管在前一张摄于特鲁维尔海滩上的照片与这张二〇〇六年圣诞节的照片之间,发生了一些意外的事情,把围绕它们引起的慌乱的程度和期限、彼此之间相连的因果关系忽略不计,名单开列如下:

与她所称的年轻男子决裂,她执着地缓慢而秘密地进行,最终在一九九九年九月的星期六无可挽回地做出了决定,当时她看到他刚钓到的一条冬穴鱼在草地上痉挛着死去之前挣扎多时,晚上和他在一起吃这条鱼的时候感到恶心

在那么长的时间里,她的退休意味着她对未来的想象的极限,就像更久以前想到绝经期一样。编写好的讲义,为备课写的读书笔记,转眼之间就不再有什么用处了。由于不常使用,为了解释课文而获得的巧妙语言在她身上消失了——当她寻找而没有找到一种文体修辞的名称的时候,不得不像她母亲在谈到一种忘了名称的鲜花时那样承认:"我以前是知道的"

对那个年轻男子新找的成熟女伴的嫉妒,似乎她需要找些事情来填满退休令她空出来的时间——或者靠着一种当他们在一起时他从未给过她的爱的痛苦重新变得"年轻",她像做一种工作那样把嫉妒保持了几个星期,直到满心只想做一件事情为止,就是摆脱

　　一种似乎在所有像她这个年纪的女人乳房里萌生的癌症,而有癌症在她看来几乎是正常的,因为最使人恐惧的事情终归

要来的。在同一时刻,她收到了长子女伴的肚子里有了一个孩子的通知——随后的超声波检查显示,是一个女孩,那时她由于化疗而脱光了头发。她在这世界上将立刻被替代,这使她极为惶惑。

在一次确定的诞生与她可能的死亡之间,与一个更年轻的男人的相遇,他的温柔,他对书籍、音乐、电影等引起梦想的一切兴趣,都吸引着她,这是神奇的偶然提供给她的、通过爱情和性爱来战胜死亡的机会。然后他们的故事延续下去,二人之间的关系是时而在对方身畔,时而不在,会面的场所也是在不同的住所,这是唯一适合于这两个难以在一起——又很难不在一起——的人的生活方式

一只常见的那种黑白花纹的母猫在多年肥胖得晃荡之后,重新变成了一九九二年冬季的照片那样虚弱,在十六岁时死去了。当邻居们在他们的游泳池里喊叫着跳跃的时候,她在炎热的盛夏用花园里的泥土掩埋了它。通过这个她第一次完成的行为,她觉得就像是掩埋了她一生中的所有死者,她的父母,她最后一个姨母,那个比她年长在离婚后成为她第一个情人、始终是她的朋友、在两年前的夏天死于梗塞的男人——也预见了她自己的下葬。

  这些事情无论幸福还是不幸,当她把它们与生活中的其他更为遥远的事情比较的时候,觉得她的思考方式、喜好和兴趣都毫无改变,就像它们在她五十岁前后形成了一种内心的固化一样。把她在过去的所有形象隔开的一系列缝隙在这里停止了。

她身上改变得最多的东西,是她对时间、对她自己在时间里的处境的感觉。所以她惊讶地证实,当人家让她做一段科莱特①的听写的时候,科莱特还健在——还有她的当维克多·雨果去世时才十二岁的祖母,大概是利用了这个为举行葬礼而给予的假日(不过她应该已经在田野上劳动了)。而尽管她失去父母的时间——二十和四十年——离她日渐遥远,而且她的生活和思考的方式丝毫不像他们——她会让他们"吓回到坟墓里去"——她却感到自己在接近他们。随着她面前的时间在客观上越来越减少,时间本身却扩展得越来越广,完全超出了她的诞生和死亡,她想象在三十或四十年之后,人们谈到她的时候会说她经历过阿尔及利亚,就像说她的外祖父母"他们见过一八七〇年的战争"一样。

她失去了对未来——这种投射着她的动作和行为的无边的基底、一种对她身上固有的未知好事的期待——的感觉。她记得这种感情涌上心头的时刻:当她在一个秋天合上《名士风流》②,登上通向学院的马恩大道,后来在下课后跳上她的迷你奥斯汀,到学校去接她的孩子们,再后来到离婚和母亲死去以后,第一次在头脑里带着乔达辛的《美国》去了美国,直到三年前,带着回到罗马的心愿把一个硬币扔进特雷维喷泉③的时候。

---

① 西多尼-加布里埃尔·科莱特(1873—1954),法国女作家,以描写爱情生活著称。于1949年当选为龚古尔学会主席,1953年获国家荣誉勋位勋章;是唯一被授予法国国葬的女性。
② 西蒙娜·德·波伏瓦的小说,获龚古尔文学奖。
③ 罗马城中的喷泉,据说投硬币时许个以后再来的愿望就可以实现。

一种紧迫感代替了这种感觉，折磨着她。随着自己的衰老，她担心她的记忆会变得像她还是小女孩的头几年的回忆一样模糊而失声，有一天将被她忘却。哪怕是现在，当她试图回忆教过两年书的山区中学的同事们的时候，她眼前又浮现出一些身影、一些面孔，有时还非常清晰，但她却已经无法"想起他们的名字"了。她极力回想忘却的名字，把一个人和一个名字对上号，就像把分成两半的部分连接起来一样。也许有一天对不上的会是事物与它们的名称，她无法再用名称述说现实，那就只会有说不出的现实了。正是现在她应该通过写作来为她已不在的未来赋予形式，开始写这本现在还只是草稿和许多笔记的书，它复制了她二十多年来的生活，应该同时覆盖一个越来越漫长的期限。

当她闭着眼睛躺在阳光下的海滩上，在旅馆的一个房间里，她曾感到自己分身成了好几个人，形体存在于生活中的几个场所，感觉自己来到一个隐迹的时间，但她放弃了从那样的感受中去推断出这种可以包括她一生的形式。迄今为止，这种感觉都没能令她得出什么，无论是关于写作的，还是关于认识任何东西。它只像性欲高潮之后的片刻，她产生了写作的欲望，不想做别的事情一样。从某种意义上来说，它在抹去话语、印象、物品和人们的同时，也就已经预示出即使不是死亡，至少也是她有朝一日所处的状态，就像很老的人所做的那样，耽于对树木、子女和孙子女的凝视里——由于"与年纪有关的视网膜萎缩"而或多或少看到的影像有些模糊——的失去掉了全部学养、她的故事和世界故事，或者患了老年性痴呆，不再知道是在哪一天、哪一月或哪个季节了。

对她来说,相反要紧的是抓住她在世界上的一个既定时代里度过的这段时光,这个她活在其中的时代,这个她唯有通过亲历来记录的世界。正是在另一种感觉里,她汲取了她这本书形式的灵感,这是当她从回忆的一个固定形象开始时就淹没她的感觉——在战后和其他动了扁桃体手术的孩子躺在一张病床上,或者在一九六八年七月一辆穿越巴黎的公共汽车里——她似乎融入了一种模糊的全体性,通过加强批判意识,她可以一个接一个地排除构成它的因素:习俗、动作、话语等等。过去微不足道的时刻放大了,通向一个既活动又色调统一的天际,这就是一个或几个年头的视界。于是在一种深刻的、几乎陶醉的——单独的个人回忆的印象没有给予她的——满足中,她获得了一种博大的集体感,她的意识、她的整个存在都被卷入其中了。同样,独自在高速公路上的汽车里,她感到自己被现存的、从最近处到最远处的世界的无法界定的整体之中。

她的作品形式只能从回忆中被淹没的一切印象里涌现出来,以便详细说明时代的一切独特标志,它们所在的或多或少是确定的年份——越来越近地把它们与其他标志连接起来,极力重新听到人们的话语,从大量不确定的说法——这种不断带来关于我们存在和应该存在、思考、信仰、害怕、希望的没完没了的模式的传闻——当中抽出对事件和物品的评论。这个世界留给她和她同代人的印象,她要用来重建一个共同的时代,从很久以前逐渐转变到今天的时代——以便在个人记忆里重拾对于集体记忆的回忆,展现历史在真实发生中的维度。

这不像我们通常听说的那样将要进行一种回忆,而是目的在于叙述一种生活、解释自我。她要看向自己内心深处只是为了从中看到世界,对世界在过去日子里的记忆和想象,掌握她所了解的一切观念、信仰和感觉的变化,人和论题的改变,这些东西若是和她的孙女和所有在二〇七〇年活着的人所经历的东西相比,这些都毫无意义。探究一些已经存在但还没有名称的感觉,就像促使她写作的感觉一样。

这将是一种逐渐变化的叙述,使用连续的、绝对的未完成过去时,它把现在时逐步摧毁,直到对一生最后的印象为止。一种时而中断的熔流,然而由一些照片和胶卷的镜头——它们将保留她生命中连续不断的体形和社会身份——构成了一些记忆里的停顿处,在生活的演变方面构成一些联系的同时,也构成了一些记忆上的中断,使她显得独特的,不是她生活中外在的(社会轨迹、职业)或内在(想法和愿望,写作的欲望)的因素的性质,而是由于这些本身都很独特的因素所构成的组合。与照片的这种"不断变样"相对应的,是这部作品像镜子一样映照出来的"她"。

在这部她看成一种无人称自传的作品里没有一个"我"——而是"人们"和"我们"——似乎轮到她叙述以前的日子了。

当她从前在大学生的宿舍里想写作的时候,她希望找到一种像通灵者那样能揭示神秘事物的未知语言。她也设想写成的作品就像以她的深刻存在而成为对其他人的启示,一种崇高的完美,一种荣耀——为了像她在孩提时希望睡着后醒来就成了郝思嘉那样的"作家",她有什么不能付出?后来,在有四十个学生的粗野的班级里,在超市的一辆手推车后面,在公园里一辆有篷童车旁边的长凳上,这些梦想离开了她。不存在由神启语词的幻术唤出的无法言喻的世界,她的写作也从来都只在她的语言的内部:她的语言,即是所有人的语言,这是她打算用来对反抗她的一切施加影响的唯一工具。于是要写的作品就代表着一种斗争工具。她没有放弃这种雄心,但现在胜过一切的,是她想捕捉沐浴着从此以后看不见的面孔、摆放着已经消失的食物的桌布的光线,这种已经存在于童年星期天的故事的而且不停地照在刚刚经历过的事情之上的光线,一种从前的光线,挽回

奥埃纳河畔巴佐什带碰碰车的小舞会

鲁昂的博伏瓦西纳街旅馆的房间,离勒布泽出版社不远,卡亚特曾在那里拍摄过《爱你到死》里的一场

阿纳西的帕尔姆朗街的家乐福的装瓶机

我依靠着世界的美/我的双手握着季节的气味[1]

圣奥诺雷温泉公园里的旋转木马

---

[1] 法国女诗人安娜·德·诺阿伊的诗句。

在拉罗什帕西的冬天，穿着红外套的少妇在人行道上陪伴着她到勒杜格斯克兰咖啡馆里找回来的步履跟跄的男人

影片《车灯》

昂代勒河畔弗勒里的山坡下面被撕去一半的3615Ulla网络公司的广告

在芬奇利的泰利奥科纳，一个酒吧和一架播放着《阿帕奇》的自动电唱机

维莱勒贝尔的埃德蒙·罗斯当大道35号，一个花园深处的一间房子

黑白花纹的猫在打了一针后睡着时的目光

蓬图瓦兹养老院的大厅里每天下午穿着睡衣和便鞋的男人，他哭着把一小片写着一个电话号码的脏纸片伸向访客，求他们给他的儿子打电话

在阿尔及利亚，霍西纳拍的屠杀案照片上的女人，很像一幅圣母哀悼耶稣画

从丰达门塔诺威的阴影里投到圣米歇凯莱①墙壁上炫目的阳光

挽回将永远不再有我们存在的时间里的某些东西。

---

① 丰达门塔诺威和圣米歇凯莱是意大利地名。